KB083447

소금시

혀

시와소금 시인선 · 038

소금시

시와소금 엮음

시와소금

■ 소금시-혀 앤솔로지를 펴내면서

　날마다 식탁에 오르는 소금 같은 시, 눈 감으면 더욱 선연한 이미지의 시, 진경산수화처럼 맛깔스런 시를 찾아서《시와소금》에서는 올해도 소금시집을 펴냅니다.

　2013년엔 〈소금〉을, 2014년엔 〈술〉을 테마로 소금시집을 엮은바 있습니다.

　올해의 주제는 〈혀〉로 삼았습니다.

　많은 시인들이 말과 상처, 맛과 사랑, 부드러움과 관능적인 것에 대해서 다각도로 〈혀〉의 존재가치와 역할이 무엇인지를 짚어주셨습니다. 〈혀〉를 잘못 사용하면 상처가 된다는 것도 단단하게 보여주셨습니다.

　이제, 시를 사랑하는 분들 앞에 소금시집을 선보입니다. 집필해주신 시인께는 고마움을 전해 올리며, 혀를 주제로 한 220편의 주옥같은 작품을 통해서 서로 소통하는 환한 세상을 만들었으면 좋겠습니다.

소금시 앤솔로지발간위원회

■차례

■소금시 앤솔로지를 펴내면서

■1956년~1979년 등단시인

• **황금찬** Ⅰ 꽃의 말 _ 15
• **이수익** Ⅰ 죄와 벌 _ 16
• **박옥위** Ⅰ 무거운 혀 _ 17
• **유안진** Ⅰ 침묵하는 연습 _ 18
• **오세영** Ⅰ 말의 칼 _ 20
• **강상기** Ⅰ 혀 _ 21
• **김여정** Ⅰ 마침내 잘라버려야 하는 내 혀의 꿈 _ 22
• **유자효** Ⅰ 혀 _ 23
• **임동윤** Ⅰ 마음그늘 _ 24
• **김학철** Ⅰ 흔적 _ 25
• **나태주** Ⅰ 조용한 날 _ 26
• **이기철** Ⅰ 백지의 말 _ 27
• **정대구** Ⅰ 혀에게 있어 입 안은 절대 감옥이 아닌 기라 _ 28
• **윤용선** Ⅰ 혀 _ 29
• **이동순** Ⅰ 혀 _ 30
• **이해웅** Ⅰ 혀의 노래 _ 31
• **정일남** Ⅰ 혀 _ 32
• **정호승** Ⅰ 혀 _ 33
• **조창환** Ⅰ 혓바닥 회춘비법回春秘法 _ 34
• **하청호** Ⅰ 소리의 혀는 귀다 _ 35
• **허형만** Ⅰ 혀 _ 36
• **김동호** Ⅰ 혀 _ 37
• **김수복** Ⅰ 폭포 _ 38
• **박민수** Ⅰ 혀의 고독 _ 39
• **송수권** Ⅰ 초록의 감옥 _ 40
• **하종오** Ⅰ 혀의 가족사 _ 41
• **윤강로** Ⅰ 아이스복스 ice box에 대한 연상 _ 42

- 이영춘 ｜ 가시 _ 43
- 최동호 ｜ 말린 혀 _ 44
- 강영환 ｜ 춤추는 혀 _ 45
- 공재동 ｜ 혀 _ 47
- 백이운 ｜ 일미一味 _ 48
- 구재기 ｜ 내 몸속의 우주 _ 49
- 송진환 ｜ 혀 _ 50
- 최순섭 ｜ 혀 바이러스 _ 51
- 이승은 ｜ 혀 _ 52
- 정해원 ｜ 혀 _ 53

▌1980년~1989년 등단시인

- 김진광 ｜ 혀도 혀를 내 두를 때가 있다 _ 57
- 백우선 ｜ 바다의 혀 _ 58
- 이사라 ｜ 혀 _ 59
- 박선욱 ｜ 혀 _ 60
- 이화주 ｜ 어른이 된 그 아이들 _ 61
- 김백겸 ｜「씨푸드」뷔페에서 혀를 길게 늘이고 _ 62
- 김소해 ｜ 망치변명 _ 63
- 임문혁 ｜ 혀가 혀를 떠났다 ─이문재 풍으로 _ 64
- 박재화 ｜ 밤의 양치질 _ 65
- 소재호 ｜ 혀 _ 66
- 이승하 ｜ 혀 _ 67
- 이은봉 ｜ 혀 _ 68
- 김민정 ｜ 촉 트다 _ 69
- 문인수 ｜ 가방 _ 70
- 박방희 ｜ 욕설 _ 71
- 임영석 ｜ 詩를 쓰려거든 세 치 혀를 자르라 _ 72
- 공광규 ｜ 따뜻한 말씨 _ 73
- 김종원 ｜ 말혀 _ 74
- 최영철 ｜ 붉은 혀 단풍 _ 75
- 고진하 ｜ 묵언默言의 날 _ 76
- 권정남 ｜ 줄장미 _ 77

- 김연동 ㅣ혀 _ 78
- 서범석 ㅣ성업 중인 설과 _ 79
- 장옥관 ㅣ혀 _ 80
- 허 림 ㅣ푸른 혓바닥 _ 81
- 홍일표 ㅣ나무의 내력 _ 83
- 김기택 ㅣ혀 _ 84
- 나희덕 ㅣ상처 입은 혀 _ 85
- 남효선 ㅣ협객 백동수와 놀다 _ 87
- 양점숙 ㅣ혀 _ 89
- 허문영 ㅣ내 마음의 흉기 _ 90
- 홍성란 ㅣ카톡 _ 92
- 황미라 ㅣ나무의 격려사 _ 93

▌1990년~1999년 등단시인

- 김정수 ㅣ하늘로 가는 혀 _ 97
- 노혜봉 ㅣ꽃갈피 혀가 써 놓은 _ 98
- 이승용 ㅣ마음 말 _ 99
- 김인구 ㅣ가면, 놀이 _ 100
- 맹문재 ㅣ나의 혀 _ 101
- 장승진 ㅣ깨끗한 말 한 마디 _ 102
- 류정환 ㅣ혀를 깨물다 _ 104
- 양승준 ㅣ고비 _ 105
- 주경림 ㅣ감나무잎사귀 단풍 극락 _ 106
- 최연근 ㅣ똥파리 _ 107
- 한승태 ㅣ세월교 _ 108
- 김용화 ㅣ흑산도 할머니 _ 109
- 박명숙 ㅣ혀 _ 110
- 송유미 ㅣ당신의 혀 _ 111
- 이정록 ㅣ주걱 _ 112
- 정 숙 ㅣ화간을 꿈꾸다 _ 113
- 정영숙 ㅣ혀로 쓰는 모래문자 _ 114
- 송영희 ㅣ우수雨水 _ 115
- 이대흠 ㅣ동그라미 _ 116
- 김길나 ㅣ고백 _ 117

- 김선태 ∣ 곡선의 말들 _ 118
- 김찬옥 ∣ 한 장의 잎 _ 119
- 류외향 ∣ 갈매기의 혀 _ 120
- 박남희 ∣ 혀여, 침을 뱉어라 _ 121
- 박해림 ∣ 풀의 침묵 _ 123
- 백혜자 ∣ 아귀다툼한 날 _ 124
- 신미균 ∣ 펄럭이는 혀 _ 125
- 이근구 ∣ 영어圇圄의 혀 _ 126
- 강기원 ∣ 검은 바다의 혀 _ 127
- 권준호 ∣ 사족 _ 129
- 김환생 ∣ 혀 _ 130
- 박복영 ∣ 혀 _ 131
- 정이랑 ∣ 헛바늘 _ 132
- 김관식 ∣ 혀의 권력 _ 133
- 김나영 ∣ 연장론 _ 134
- 김종태 ∣ 복화술사에게 _ 135
- 류영환 ∣ 연옥과 극락 사이에서 _ 136
- 우은숙 ∣ 내 혀가 갇혔다 _ 137
- 송 진 ∣ 무슨 일이 있었던 거지 _ 138

■ 2000년~2009년 등단시인

- 강영은 ∣ 운주사 꽃부처 _ 141
- 김은경 ∣ 불량 젤리 _ 142
- 류인서 ∣ 혀 _ 143
- 신충화 ∣ 아이스크림 미션 _ 144
- 이순주 ∣ 혀들의 시간 _ 145
- 이아영 ∣ 혀 _ 146
- 조성림 ∣ 혀 _ 147
- 강윤순 ∣ 혀 —놀릴 수도 부릴 수도 없는 _ 148
- 고영민 ∣ 네 입속에 혀를 밀어 넣듯 _ 149
- 권혁수 ∣ 미납된 봄 _ 150
- 김미정 ∣ 혀 —젖은 것들은 욕망과 내밀하고 _ 151
- 김재엽 ∣ 못질 _ 152
- 안명옥 ∣ 혀 _ 153

• 안차애 ┃ 초록 혀 _ 155
• 이봉하 ┃ 불과 물의 씨앗 _ 156
• 조문경 ┃ 밀림의 혀 _ 157
• 진　란 ┃ 수작, 그 혀 혹은 주둥이들 _ 158
• 최광임 ┃ 말 _ 160
• 박미림 ┃ 아직도 멀다 _ 161
• 박수현 ┃ 떠다니는 입술들 _ 162
• 송경애 ┃ 꽃잎 말 _ 163
• 유현숙 ┃ 공지사항 −글 또는 혀 _ 164
• 장혜승 ┃ 국지도 78 _ 165
• 정하해 ┃ 사람을 _ 166
• 조금숙 ┃ 말의 행적 _ 167
• 최정란 ┃ 옥수수 _ 168
• 한기옥 ┃ 혀 _ 169
• 박소원 ┃ 검은 혀 _ 170
• 임연태 ┃ 혀 _ 172
• 정영자 ┃ 혀를 말려놓은 가래열매 _ 174
• 최성아 ┃ 혀, 베일 벗기다 _ 175
• 강수니 ┃ 혀의 힘 _ 176
• 김경선 ┃ 혀 _ 177
• 박일만 ┃ 모서리가 커브를 _ 178
• 유용선 ┃ 혀 짧은 그리움 아니, 그, 디, 움 _ 179
• 이재연 ┃ 입 속의 혀 _ 180
• 이태순 ┃ 따뜻한 혀 · 2 _ 181
• 정경해 ┃ 혀의 뿌리 −택배 아기 _ 182
• 정재분 ┃ 자술서 _ 183
• 최재영 ┃ 붉은 혀 _ 184
• 황명강 ┃ 물의 혀 _ 185
• 김정원 ┃ 종북이라는 말 _ 186
• 김지유 ┃ 쉿, 당신 혀를 잘라 _ 187
• 박미산 ┃ 태양의 혀 _ 188
• 서정임 ┃ 혀 _ 189
• 이국남 ┃ 무궁화 스타디움 _ 190
• 이성웅 ┃ 혀 _ 191
• 권영희 ┃ 나는 나의 비수다 _ 192

• 정연희 ┃ 돌돌 말린 혀들 _ 193
• 남연우 ┃ 동굴인간 _ 194
• 이남순 ┃ 회자膾炙 —고등어를 말하다 _ 196
• 장상관 ┃ 말을 표구하다 _ 197
• 최형심 ┃ 혀 _ 198
• 김연미 ┃ 바다의 혓바닥 _ 199
• 김택희 ┃ 혓바늘 _ 200
• 김향미 ┃ 7월 —마른장마 _ 201
• 서주영 ┃ 넌 _ 202
• 한경용 ┃ 초콜릿하우스 _ 204
• 한성희 ┃ 구름의 혀 _ 205

■ 2010년~2015년 등단시인

• 고안나 ┃ 혀 _ 209
• 김유진 ┃ 간심奸心 _ 210
• 박광호 ┃ 혀에 감기다 _ 211
• 변영희 ┃ 스미싱 _ 212
• 유영옥 ┃ 그대는 팔방미인 _ 213
• 이강하 ┃ 혀, 저녁의 감정 _ 214
• 이돈배 ┃ 작설차雀舌茶 —공작의 혀 _ 215
• 정원석 ┃ 어떻게 말해야 할까 _ 216
• 조승래 ┃ 꽃이 핀다 _ 217
• 김덕남 ┃ 봄의 혀 _ 218
• 김선아 ┃ 궁핍 —말문 _ 219
• 김인숙 ┃ 하루살이의 칼 _ 220
• 김춘리 ┃ 식욕의 자세 _ 221
• 변희수 ┃ 나는 초콜릿 복근을 좋아한다 _ 222
• 정치산 ┃ 농담 _ 223
• 조한일 ┃ 명중 _ 224
• 김인숙 ┃ 노이즈noise _ 225
• 문명숙 ┃ 가장행렬 _ 226
• 이여원 ┃ 입술이 다르다 _ 227
• 정선희 ┃ 혀를 달고 다니는 _ 228
• 진순희 ┃ 겁 없는 혀들 _ 229

• 허　석 ｜ 고고성呱呱聲을 듣고 _ 230
• 김송포 ｜ 혀에 바퀴를 달고 _ 231
• 김임순 ｜ 혀에게 _ 232
• 심강우 ｜ 혀의 행방 _ 233
• 양영숙 ｜ 혀끝으로 꽃잎을 굴리는 _ 234
• 우정연 ｜ 작설雀舌 _ 235
• 이향숙 ｜ 뜨거운 화법 _ 236
• 이　현 ｜ 혀 _ 237
• 정와연 ｜ 목덜미를 핥다 _ 238
• 정지우 ｜ 농밀 _ 239
• 조양상 ｜ 개 혀? _ 240
• 강금희 ｜ 모란의 혀 _ 241
• 권용욱 ｜ 혀 _ 242
• 금시아 ｜ 나자스말 _ 243
• 반　경 ｜ 엘리베이터 _ 245
• 이원오 ｜ 새 _ 246
• 임승현 ｜ 시시포스의 세 치의 혀 _ 247
• 최　희 ｜ 그리운 방종 _ 248
• 권정희 ｜ 혀는 연장이다 _ 250
• 권지영 ｜ 꿈의 궤도에서 _ 251
• 김정미 ｜ 바람의 혀를 파는 북극상점 _ 252
• 김은호 ｜ 조랑말 _ 253
• 김이솝 ｜ 혀 _ 254
• 려　원 ｜ 휘어진 웃음 _ 255
• 송과니 ｜ 부엉이 부리에서 나온 쪽지 _ 256
• 이사철 ｜ 낙역재기중 _ 257
• 임지나 ｜ 혀의 계절 _ 258
• 전순복 ｜ 혀 _ 260
• 정미영 ｜ 설전舌戰 _ 261
• 조선수 ｜ 더듬다 _ 262
• 조충호 ｜ 혀꽃부리 _ 263

▌1956년~1979년 등단시인

▪황금찬_꽃의 말/ ▪이수익_죄와 벌/ ▪박옥위_무거운 혀/ ▪유안진_침묵하는 연습/ ▪오세영_말의 칼/ ▪강상기_혀/ ▪김여정_마침내 잘라버려야 하는 내 혀의 꿈/ ▪유자효_혀/ ▪임동윤_마음그늘/ ▪김학철_흔적/ ▪나태주_조용한 날/ ▪이기철_백지의 말/ ▪정대구_혀에게 있어 입 안은 절대 감옥이 아닌 기라/ ▪윤용선_혀/ ▪이동순_혀/ ▪이해웅_혀의 노래/ ▪정일남_혀/ ▪정호승_혀/ ▪조창환_혓바닥 회춘비법/ ▪하청호_소리의 혀는 귀다/ ▪허형만_혀/ ▪김동호_혀/ ▪김수복_폭포/ ▪박민수_혀의 고독/ ▪송수권_초록의 감옥/ ▪하종오_혀의 가족사/ ▪윤강로_아이스복스에 대한 연상/ ▪이영춘_가서/ ▪최동호_말런 혀/ ▪강영환_춤추는 혀/ ▪공재동_혀/ ▪백이운_일미/ ▪구재기_내 몸속의 우주/ ▪송진환_혀/ ▪최순섭_혀 바이러스/ ▪이승은_혀/ ▪정해원_혀

꽃의 말 | 황금찬

사람아
입이 꽃처럼 고와라
그래야 말도
꽃처럼 하리라
사람아

■ **황금찬** _ 1956년 《현대문학》 등단. 시집으로 〈현장〉 〈구름은 비에 젖지 않는다〉 〈행복을 파는 가게〉 〈옛날과 물푸레나무〉 〈아름다운 아침의 노래〉 〈보석의 노래〉 등. 월탄문학상, 대한민국문학상, 한국기독교문학상, 서울시문학상, 대한민국문화예술상 등 수상

죄와 벌 | 이수익

나는 입 안에 너의 혀를 물고
너는 입 안에 나의 혀를 물고
그렇게 서서 우리 깊이
잠들었으면
뜨거운 쇳물로 굳어진 청동조각처럼
더는 움직일 수 없는 천형의 쇠사슬로 꽁꽁 묶인 채
오오, 사랑해봤으면
죽음처럼 우리 멀리 멀리 떠내려갔으면!

* 구작 「죄와 벌」을 고침

■ **이수익** _ 1963년 서울신문 신춘문예 등단. 시집으로 〈우울한 상송〉 〈야간열차〉 〈슬픔의 핵〉
〈단순한 기쁨〉 〈아득한 봄〉 〈꽃나무 아래의 키스〉 〈처음으로 사랑을 들었다〉 〈천년의 강〉 등.
공초문학상, 현대문학상, 정지용문학상, 한국시인협회상 등 수상.

무거운 혀 | 박옥위

말씀은 머리위에 혀 모양으로 내렸다고
성서의 한 구절을 필사하는 그 동안
너무나 감사한 것은 가슴속에 쟁입니다

통하면 모든 것이 하나로 보입니다
말의 통점이 모두 정신에 있다는 것
운 떼면 내 일필휘지는 생멸의 기화요초

비교적 참는 법을 사랑하고 있습니다
천의 혀 부지기수의 허사가 떠다니는
생명의 무거운 혀는 휘두르지 않습니다

■ 박옥위 _ 1965년 《새교실》박남수 황금찬 시 천료. 1983년 《현대시조》《시조문학》 천료. 시집
〈들꽃 그 하얀 뿌리〉〈석류〉〈금강초롱을 만나〉〈유리고기의 죽음〉〈플롯을 듣다〉〈숲의 침묵〉〈겨울
풀〉〈지상의 따스한 순간〉〈그리운 우물〉〈조각보평전〉 등.

침묵하는 연습 | 유안진

나는 좀 어리석어 보이더라도
침묵하는 연습을 하고 싶다

그 이유는
많은 말을 하고 난 뒤일수록
더욱 공허를 느끼기 때문이다

많은 말이 얼마나 사람을 탈진하게 하고
얼마나 외롭게 하고 텅 비게 하는가?

나는 침묵하는 연습으로
본래의 나로 돌아가고 싶다

내 안에 설익은 생각을 담아두고
설익은 느낌도 붙잡아 두면서
때를 기다려 무르익히는 연습을 하고 싶다

다 익은 생각이나 느낌일지라도
더욱 지긋이 채워 두면서
향기로운 포도주로
발효되기를 기다릴 수 있기를 바란다

침묵하는 연습,

비록 내 안에 슬픔이건 기쁨이건
더러는 억울하게 오해받는 때에라도

해명도 변명조차도 하지 않고
무시해버리며 묵묵하고 싶어진다

그럴 용기도
배짱도 지니고 살고 싶다

■ 유안진 _ 1965년 《현대문학》 등단. 시집으로 〈다보탑을 줍다〉〈알고〉〈거짓말로 참말하기〉〈둥근 세모꼴〉 등 16권. 시선집 〈세한도 가는 길〉 외 다수. 산문집으로 〈지란지교를 꿈꾸며〉〈딸아딸아 연지딸아〉 등이 있음. 목월문학상 등 수상.

말의 칼 | 오세영

때와 장소를 가리지 않고
싸워야 한다
걸어오면 받아쳐야 할 한마디 말을
폐부 깊숙이 감추고
집을 나서는 이 아침
지하철 역 플랫폼을 울리는 휴대폰의
신호음 소리
한번 빼면
썩은 무라도 쳐야 하는 칼인데
승산을 저울질하며
뺄까 말까 망설인다
예전에 맨손과 맨손들이 싸우다가
칼로 바뀐 것이 엊그제,
자본의 시장에서는 이제
말로 싸우는구나
허리에 칼 대신 휴대폰을 차고
오늘도 출근길을 서두르는
하루의 시작

■ **오세영** _ 1965〜68년 《현대문학》 추천등단. 시집 〈바람의 아들들〉〈무명연시〉〈불타는 물〉
〈밤하늘의 바둑판〉 등 수십 권. 소월시문학상, 목월문학상 등 수상. 한국시인협회 회장 역임. 현재
서울대 국문과 명예교수, 한국예술원 회원

혀 ㅣ강상기

쓰디쓴 생애의 어떤 날은 단맛이 있긴 해도
짜디짠 모욕을 당하면서 시디신 맛을 본다

자존심 씹어 목구멍에 넘기며
혀 잘 못 놀리면 죽는다는 위협에 주눅 들어
지금 나는 왜곡된 표현의 조미료에 길들어 있다

청량음료 상쾌한 기분을 즐기며
온갖 정보의 조작된 세균에 병들어 있다

사람을 살리는 위로와 용기가 되고 싶어
제대로 참된 맛을 찾고 싶은데
이제 더 이상 혀는 혀가 아니다

서로 입맞춤할 때 황홀했던 그 혀로
쯧쯧 혀를 찰 뿐이다

■ **강상기** _ 1967년 〈세대〉 신인문학상과 1971년 동아일보 신춘문예 등단. 시집으로 〈철새도
집을 짓는다〉〈민박촌〉〈와와쏴쏴〉〈콩의 변증법〉이 있음.

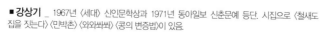

마침내 잘라버려야 하는 내 혀의 꿈 | 김여정

1
꽃의 향기가 아님은
나무의 산소가 아님은
숲의 피톤치드가 아님은
심산유곡의 약수가 아님은
태산의 묵언 바다의 포용 흙의 모성母性이 아님은

2
묵은 김치
묵은 술
묵은 장
깊은 산속 고사리 두릅 산도라지 돌미나리 맛 아님은
가감 없이 미련 없이

3
한평생 내가 써 온 수많은 시편 속의 요설饒舌의
혀
마침내 작두 위에 오려 놓아야 할 때가 되지 않았나 친구여
내 시의 그림자여,
내 혀의 꿈이여,

■ 김여정 _ 1968년 《현대문학》 등단. 시집 13권, 시 전집 2권, 시 선집 3권, 수필집 3권, 시 해설집
2권, 번역시집 1권 등. 대한민국문학상, 월탄문학상, 한국시협상, 공초문학상, 남명문학상 등 수상.

혀 | 유자효

맛에 탐닉하려하면 꼭 너를 깨문다

욕이라도 할라치면 다시 너를 깨문다

칠십 년 살아온 것이 작고 부드런 너의 덕

■ **유자효** _ 1968년 신아일보 신춘문예 등단. 1972년 《시조문학》 등단. 시집 〈아직〉 〈아버지의 힘〉 〈데이트〉 〈성자가 된 개〉 〈짧은 사랑〉 〈내 영혼은〉 〈여행의 끝〉 외 다수. 정지용문학상. 유심작품상. 현대불교문학상 수상. 구상선생기념사업회장. 지용회장. 시와시학회장.

마음그늘 | 임동윤

마음엔 늘 나 아닌 한 사내가 살고 있다
내 마음의 행로를 따라 제대로 걷지 못하게 한
그와 이처럼 오래 동거해왔다니,
단칼에 그를 뿌리칠 수 있는 길은 처음부터 없었다

조금씩 재치와 부끄러움과 체면을 알면서
내 얼굴은 철판처럼 두꺼워지고 가면이 되었다
그때부터 그와 나 사이엔 단단한 끈이 있어
세 치 짧은 혀로 마음에도 없는 말로 살아왔을 뿐
그리하여 상처투성이 그늘만 남았을 뿐

아직 저 강물처럼 흐르지 못하고
마음에도 없는 말로 허구의 강을 허우적거리는
간사한 내 세치의 혀, 그 혀가 건너는 흐린 세상
이 몹쓸 놈의 혀를 단칼에 잘라낼 수는 없을까

밤새 담금질로 눈먼 혀를 두드려볼 뿐
너무 오래 늪지를 걸어온 발이 습관처럼 올라가는
우리 가파른 삶이 출렁거리는 바다
굵은 소금으로 내 세 치 혀를 염장해볼 뿐

■ **임동윤** _ 1968년 강원일보(시), 1992년 문화일보(시조) 등단. 시집으로 〈연어의 말〉
〈나무아래서〉〈함박나무가지에 걸린 봄날〉〈아가리〉〈따뜻한 바깥〉〈편자의 시간〉〈사람이 그리운
날〉 등. 현재 《시와소금》 발행인 겸 편집주간.

흔적 | 김학철

어둠의 한 쪽 끝을 잡아당기면
숨죽이고 기다리던 빛이
일시에 쏟아져 내장에 가득 찬다
눈을 감고 있던 말들이 일어서 걸어온다
말의 상처가 깊어질수록
저 숲 속의 보이지 않는 길을 찾아
사라지기를 원했던 날들과
문 밖에 버려진 입 언저리의 생각들이
어눌한 말이 되어
가까이 다가오고 있음을 감지한다
혀 짧은 소리로 말하느니
차라리 침묵하는 것이 익숙해지는 날,
바람이 오는 사이로
꽃들의, 나무들의 말이 조용히 실려온다
보이는 것 모두
바람을 물고 있는 혀가 만드는
노래 한 소절

■ **김학철** _ 1970년 《시법》으로 작품 활동 시작. 시집으로 〈사향 주머니〉〈햇빛 과원에서〉
〈감정리에 별을 심다〉〈용오름〉 등이 있음.

조용한 날 | 나태주

나는 네가 좋은데
너도 내가 좋으냐!

하늘 구름에게 말해보고
화분의 꽃들에게도 물어본다

■ **나태주** _ 1971년 서울신문 신춘문예 등단. 시집으로 〈대숲 아래서〉 〈막동리 소묘〉 〈산촌엽서〉 〈돌아오는 길〉 〈한들한들〉 등 36권. 현대불교문학상, 박용래문학상, 편운문학상, 시와시학상, 정지용문학상 등 수상. 현재 공주문화원장으로 재직 중.

백지의 말 | 이기철

나의 몸은 언제나 하얗게 비워두겠습니다
네 모는 날카로워도 속은 늘 부드럽겠습니다
설령 글씨를 썼다 해도 여백은 늘 갖고 있겠습니다
진한 물감이 있어도 내 몸을 칠하지 않겠습니다
가까이 가고 싶어도 늘 멀리 떨어져 있겠습니다
바람이 불면 납작하게 엎드리겠습니다
칼날이 다가오면 물처럼 연해지겠습니다
그러나 불빛에는 되도록 반짝이겠습니다
노래가 다가오면 치렁치렁 몸으로 받겠습니다
언제나 당신이 들어올 문을 열어두겠습니다
당신이 들어오면 이 세상에서 가장 귀한
향기가 되겠습니다
그땐 당신이 내 몸에 단 한 폭 그림을 그리십시오
그러기 위해 한 필 붓을 마련해 두겠습니다

■ **이기철** _ 1972년 《현대문학》 등단. 시집으로 〈청산행〉 〈지상에서 부르고 싶은 노래〉
〈열하를 향하여〉 〈유리의 나날〉 〈가장 따뜻한 책〉 등. 김수영문학상, 시와시학상, 최계락문학상,
대구광역시문화상 등 수상.

혀에게 있어 입 안은 절대 감옥이 아닌 기라 ㅣ 정대구

혀는 심장과 같은 것
연장과 같은 것
함부로 꺼내어 휘두르거나 날름거리거리지 말 일이다
못된 말이 새어나오지 않게 입 꽉 다물고
물컹물컹한 마음을 조율하고 부드럽게
언어를 다듬어서 내보낼 일이다
그것도 혓바닥은 절대 보이지 않게

그렇지 않고서는 혀는 욕지거리가 되고
혀는 거짓말쟁이가 되고
제 뜻과는 상관없이 결국엔 혀만 잘리어 천당 가거나
지옥에 떨어지거나 뻣뻣하게 굳어버릴 수 있으니까

내가 내 혀를 내 맘대로 다루지 못해서야
어디 쓰겠느냐
촌철살인寸鐵殺人 툭 던진 짧은 한 마디가
나도 모르게 남을 상하게 할 무기가 될 수도 있는 기라

그러니까 혀는 늘 입 안에 촉촉이 젖어있는
생명의 붉은 잎
귀하게 쓰인 한 마디 말로 천 냥 빚도 갚고
정직하게 쓴맛 단맛 맵고 짜고 신맛을 다 가려내는
살아있음에 기준인 기라
혀는

암, 아무렴

■ **정대구** _ 1972년 대한일보 신춘문예 등단. 시집으로 〈나의 친구 우철동 씨〉 〈무지리 사람들〉 〈양산일기〉 〈너가 바로 나로구나〉 등이 있음.

혀 | 윤용선

온통 미끌거리는 세상에서
온몸으로 길을 내며 헤쳐 나간다.
언제 어느 쪽으로 밀리지 모르는
순간순간의 긴장을 다독이며
송곳니에 찢기지 않고,
어금니에 씹히지 않는 것만도
얼마나 다행인가.
세상이 달콤하거나
기분 좋게 화끈거린다는 것은
물올랐을 한때뿐이고
더 길고 더 오래는 밍밍하거나
더 많이 깜깜하고 막막할 따름이다.
그 시퍼런 세월을 일상으로
아무 내색 없이 지켜주고 있는 네게
다시 또
맛의 성찬을 요구한다면
과한 욕심이 빚은 무례일까?
자성이 못 미친 부끄러움일까?

■ **윤용선** _ 1973년 강원일보 신춘문예 등단과 《심상》으로 작품 활동. 시집으로 〈가을 박물관에 갇히다〉 등. 현재 문화커뮤니티 〈금토〉 이사장.

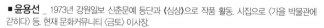

혀 | 이동순

아무 말도 하고 싶지 않아요
우리는 푸줏간의 시뻘건 고깃덩인걸요
죽어서 서러운 노래를 불러 무엇하겠어요

아무짓도 하지 않을 터여요
칼날 베고 잠자는 당신 속마음을 모르나요
우리는 붐비는 막차 속에 매달려 있어요

향그런 주검이 꽃 뿌리고 달려간 길로
온몸에 소름 끼치며 눈 감고 달려가요
당신이 차창에 머리 기댄 까닭고 실은 그거예요
목놓아 외치니 궂은 밤에 비만 내리더군요

아무말도 하고 싶지 않아요
아무짓도 하지 않을 터여요
내일도 찬비는 내려서 잘 마른 건초를 적실 텐데요, 뭐

■ **이동순** _ 1973년 동아일보 신춘문예 등단. 1989년 동아일보 신춘문예 문학평론 등단. 시집으로 〈개밥풀〉〈물의 노래〉 등 14권 발간. 〈백석시전집〉 등 각종 저서 50여권 발간. 김삿갓문학상. 시와시학상. 정지용문학상 등을 받음.

혀의 노래 | 이해웅

초록물결 위로 찰박찰박
혀 하나 뛰고 있다
초록물이 많이 들었다
저 혀 동굴 같은 어둠 속에서
햇빛 밝은 세상 얼마나 그리웠으랴

순간순간 내뱉는 말들
금이 되고 은이 되었으나
아서라
한번 꼬부라진 혀끝에 묻어나는
독침 같은 말들이 만든
벌집투성이의 상처

혀야!
초록물결 타고 노는 혀야
초록물이 흠씬 배도록
신록 위를 실컷 구르거라

■ **이해웅** _ 1973년 시집 〈벽〉으로 작품 활동. 시집으로 〈노자일기〉 〈길의 식성〉 〈허공 속의 포즈들〉 〈사하라는 피지 않는다〉 〈달춤〉 등이 있음. 시선집 〈산천어가 여는 아침〉과 시전집으로 〈시간의 발자국들〉(1, 2권)이 있음. 부산교육대학교 명예교수.

혀 | 정일남

백 년 가뭄에도
혀는 마르지 않는다
넓고 평평한 바닥에
늘 물이 솟아난다
습생을 선호하기 때문이다
샘이 마르지 않는 한
사랑은 젖어있는 것
짜고 맵고 시고 단맛을 발견한
아리스토텔레스 이후에도
감칠맛을 거부한 적이 없다
소금 맛이 짠 것은 혀에
바다가 침범해 있기 때문
혀가 바다를 삼켰기 때문

■ **정일남** _ 1973년 조선일보 신춘문예(시조), 1980년 《현대문학》 시 등단. 시집으로 〈꿈의 노래〉
〈훈장〉 등 다수.

혀 | 정호승

어미개가 갓난 새끼의 몸을 핥는다
앞발을 들어 마르지 않도록
이리 굴리고 저리 굴리며
온몸 구석구석을 혀로 핥는다
병약하게 태어나 젖도 먹지 못하고
태어난 지 이틀 만에 죽은 줄도 모르고
잠도 자지 않고 핥고 또 핥는다
나는 아이들과 죽은 새끼를
손수건에 고이 싸서
손바닥만한 언 땅에 묻어주었으나
어미개는 길게 뽑은 혀를 거두지 않고
밤새도록 허공을 핥고 또 핥더니
이튿날 아침
혀가 다 닳아 보이지 않았다

■ **정호승** _ 1973년 대한일보 신춘문예 등단. 시집으로 〈서울의 예수〉〈새벽 편지〉 외 다수.
소월시문학상, 정지용문학상, 편운문학상, 공초문학상 등 수상.

헛바닥 회춘비법 回春秘法 ㅣ 조창환

한 잔 하면 남 칭찬하고
두 잔 하면 나 돌아보고
석 잔 하면 하늘 부끄러워한다고
함부로 내뱉은 거짓말 고슴도치 되어
내 혀가 바늘 치세우고
내 눈을 빤히 올려다본다

오냐, 그래, 내 잘못했다
내친 김에 꽉 끌어안으니
찌릿찌릿
번개 수만 조각이 헛바닥을 파고든다

한 잔 하면 혀 잠그고
두 잔 하면 혀 고이 잠재워두고
석 잔 하면 혀 아주 깊이 감춰두어야겠다고
다짐하고 결심하고 각오하는데
헛바닥의 바늘은 헛바닥 움직여야만 뽑힌다고
혀에 박힌 번개 조각 불덩이처럼 화끈거린다

정수리부터 똥구멍까지
화끈거리는 불길 끌어안고
고꾸라지고 까무러치는 나 뒤돌아보며
바늘 뽑힌 혀는 거짓말 없는 세상 찾아
저 멀리 길 떠나 휘적휘적 걸어간다

■ **조창환** _ 1973년 《현대시학》 등단. 시집으로 《벚나무 아래, 키스자국》 《마네킹과 천사》 《수도원 가는 길》 《피보다 붉은 오후》 등. 한국시협상, 한국가톨릭문학상 등 수상. 현재 아주대학교 명예교수.

소리의 혀는 귀다 | 하청호

소리에도 맛이 있다
귀가 느끼는
소리의 맛

사랑한다는 말
달콤한 맛
싫어한다는
쓰디쓴 맛
꾸중 받을 때의
매운 맛

귀는 소리의 맛을 아는
혀다

■ **하청호** _ 1973년 동아일보 신춘문예 동시 당선. 1976년 《현대시학》 시 등단. 시집으로
〈다비茶毘노을〉 외 다수. 동시집 〈잡초 뽑기〉 외, 세종아동문학상, 대한민국문학상, 방정환문학상,
윤석중문학상, 대구시문화상 등. 현재, 한국문인협회 부이사장.

혀 | 허형만

우주는 혀의 공동묘지
오늘도 총에 맞은 혀가 피를 흘리고

저기 바닷가 모래 위
소금에 절인 수많은 혀들이
시詩처럼 맑은 햇볕을 끌어안고 있다

■ **허형만** _ 1973년 《월간문학》 등단. 시집으로 〈가벼운 빗방울〉 〈불타는 얼음〉 〈영혼의 눈〉 등. 한국시인협회상, 한국예술상, 펜문학상, 영랑시문학상 등 수상. 현재 목포대 명예교수.

혀 | 김동호

눈에는 눈만 있다
코에는 코만 있다
귀에는 귀만 있다

그러나 배꼽 밑 샘엔
샘만 있지 않다

입속도 마찬가지
이빨만 있지 않다

혀가 있다
맛과 멋을
공히 음미하며
형이상학과 형이하학을
동시에 다스리는
세치의 거인이 있다

■ **김동호** _ 1975년 《현대시학》 등단. 시집 〈수리산 연작〉 〈배꼽 음반〉 〈오현금〉 등 다수.

폭포 | 김수복

멀리서 번개가 치고

천둥이 울고

너에게 드디어

비가 내리면

긴 혀를 내밀어

너의 침묵의 열락으로 들어가고 싶다

■ **김수복** _ 1975년 《한국문학》으로 작품 활동 시작. 시집으로 〈새를 기다리며〉 〈모든 길들은 노래를 부른다〉 〈사라진 폭포〉 〈달을 따라 걷다〉 등이 있음. 현재 단국대 문창과 교수.

혀의 고독 | 박민수

세상에 비바람 불고
창문 심히 흔들리는 시간에도
고요히 침묵하는 내 혀의 고독
그 고독 외롭지 않으니
문득 아침결 비바람 자고
창문 넘어 찾아오는
한 줄기 햇살 나부낌
그것이 정녕
봄 들판 노랑나비처럼
마음에 사라질 줄 모르니
이 아름다운 슬픔을
우리 세상 누가 더불어
기뻐할 수 있으랴

■박민수 _ 1975년 《월간문학》 신인상 등단. 시집 〈강변설화〉〈낮은 곳에서〉〈잠자리를 타고〉
〈시인, 시를 초월하다〉 등. 문학박사(서울대학교). 춘천교육대학교 교수와 총장 역임. 현재,
춘천고음악제 이사장 및 〈박민수뇌경영연구소〉 설립 운영 중.

초록의 감옥 | 송수권

초록은 두렵다
어린 날 녹색 칠판보다도
그런데 자꾸만 저요, 저요, 저, 저요 손 흔들고
사방 천지에서 쳐들어온다
이 봄은 무엇을 나를 실토하라는 봄이다
물이 너무 맑아 또 하나의 나를 들여다보고
비명을 지르듯이
초록의 움트는 연둣빛 눈들을 들여다보는 일은 무섭다
초록에도 감옥이 있고 고문이 있다니!
이 감옥 속에 갇혀 그 동안 너무 많은 말들을
숨기고 살아왔다

■송수권 _ 1975년 《문학사상》 등단. 시집으로 〈산문에 기대어〉 〈꿈꾸는 섬〉 〈아도〉 〈달궁아리랑〉 〈빨치산〉 〈통〉 〈허공에 거적을 펴다〉 등. 소월시문학상, 정지용문학상, 영랑시문학상, 김달진문학상, 구상문학상 등 수상. 현재, 한국풍류문화연구소장, 순천대 명예교수.

혀의 가족사 | 하종오

어린 그가 눈에 티끌이 들어가 쓰라려했을 적에
어머니는 혀끝으로 핥아 빼주었다
그날부터 눈알이 밝아져
그는 어머니가 하려던 일을 먼저 볼 수 있었다

어린 그가 벌레에게 물려 몸을 긁적였을 적에
어머니는 혀끝으로 침을 발라주었다
그날부터 한동안 온몸이 가벼워져
그는 어머니가 하려던 일을 대신할 수 있었다

어린 그가 어른이 되어 낳았던
어린 자식들이 어른이 되던 날까지
어머니한테 배운 대로
그는 혀끝으로
티끌 들어간 눈을 핥아 빼주었고
벌레 물린 몸에 침을 발라주었다

그러나 티끌과 벌레 더욱 들끓는
빈부의 세상을 살아가야 하는 자식들은
그가 하려는 일을 먼저 보지도 않고
대신하지도 않고
혀를 빼물거나
혀를 끌끌 찼다

■ **하종오** _ 1975년 《현대문학》 등단. 시집으로 〈벼는 벼끼리 피는 피끼리〉 〈국경 없는 공장〉
〈아시아계 한국인들〉 〈베드타운〉 〈입국자들〉 〈제국 또는 帝國〉 〈남북상징어사전〉 등 다수가 있음.

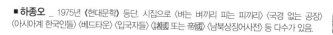

아이스복스 ice box에 대한 연상 | 윤강로

그녀가 성냥을 켠다. 손가락 뜨겁게 타는 성냥불이 한
모금 독약의 파란 불길로 번져 혀의 죽음이 된다. 꺼지는
불꽃의 혀. 절망은 소용없는 말의 노예가 되지 않는다.
그래 추워
또 성냥불을 켠다
희미한 불빛 속에 먼 강 얼음 갈라지는 소리 딛고 오는
발자국소리 나타난다
그 사람이 누구였지? 누구는 어딨지? 누구는 왜 오지 않는
누구일 뿐이지?
성냥불이 꺼진다. 어둠 속에 칼 베어문 목잘린 사내가
바람떼 별 두어 개 데불고 떠 있다. 저건 내 달빛이야.
그녀가 성냥불을 켠다.
모든 건 목숨이 짧고, 나는 길게 추웠어.
그녀의 짧은 불빛 속에 통닭구이가 뒤뚱대며 걸어나온다.
그제는 전기가 끊기고 어제는 난방개스가 동났어
얼음공주가 조용히 뇌까린다. 얼음공주는 밤마다 달빛의
독주를 마신다. 몽롱하게 잠든 얼음공주. 얼음공주는 불끼
없는 방에서 성냥불을 켜면서 산다.

■ **윤강로** _ 1976년 《심상》 신인상 등단. 시집으로 〈피피피 새가 운다〉 〈작은 것들에 대하여〉 외
다수. 시인들이 뽑는 시인상 수상.

가시 | 이영춘

가시에 찔려 본 사람은 안다
그 생채기 얼마나 쓰리고 아픈가를
피 멍울멍울 솟아나는 진통을
한 사람의 독기 어린 혓바닥이
우리들 가슴에 얼마나 많은 피를 솟게 하는가를

가시에 찔려 본 사람은 안다
나는 또 얼마나 많이 남의 가슴에 가시를 박았을 것인가를

한 치 혓바닥에서 묻어나는 그 독기,
돌밭, 가시밭에 몸 박고 사는 엉겅퀴처럼 톡톡
불거진 가시가 얼마나 큰 암 덩어리였던가를

가시에 찔려본 사람은 안다
내 몸에 가시가 박혀 피 철철 흘리듯
남의 가슴에도 피 흘리게 하였을 것인가를

■ **이영춘** _ 1976년 《월간문학》 등단. 시집으로 〈봉평 장날〉 〈노자의 무덤을 가다〉 외 다수.
인산문학상, 고산문학상, 동곡문화상, 한국여성문학상 수상.

말린 혀 | 최동호

방 속 어둠은 소리 없이 가라앉아 있는데
작은 먼지의 먼지들
입 속으로 쓸려 들어가
슬픔을 꺼내 말할 수 없는 말린 혀

문 밖 사람에게 들리지 않는 울음소리

가늘게 떨다 멈추는
마지막 실오라기
하나도 꺼내 말할 수 없는 말린 혀

들어가면 나올 수 없는 동굴
입 속 가득
어둠을 잡아먹어 부풀어 오른 먼지
가라앉은 꼭두새벽

급냉실 물고기 작은 지느러미
꼬리조차 얼어붙은
입 속 먼지의 세상
건조한 목젖 첩첩이 쌓인 말린 혀의 침묵

■ **최동호** _ 1976년 중앙일보 신춘문예 문학평론 당선. 시집으로 〈황사바람〉〈아침책상〉
〈딱따구리는 어디에 숨어 있는가〉〈공놀이하는 달마〉〈불꽃 비단벌레〉〈얼음얼굴〉〈수원 남문 언덕〉
등. 현대불교문학상, 고산문학대상, 박두진문학상, 유심작품상 등 수상.

춤추는 혀 | 강영환

내 말은 화려하지 못하다 그러나
몸 빠르게 발 놀려 춤을 춘다
바로 서지 못한 말들이 쏟아져 내려
검은 땅 위에 진흙소를 만든다
옷이 물들고 손바닥이
눈을 못 뜨고 발바닥이
지치지 않는 거짓투성이
사악한 춤이 바닥을 삼킨다

집이 무너진다
상자가 쏟아진다

춤을 잘라 무덤을 만든다
썩은 향기가 새나지 않게
방사능으로 포장하여 매장한다
종이 위에 안착하지 못하고
공중에 떠도는 새가 되어
핏발 선 눈을 삭히지 못한다
구름에 부딪혀 추락하기도 한다

빛 보다 더 밝기도 하고
어둠보다 더 어둡기도 하다

불현 듯 끌려가지 않으려고
끌려가서 봉변당하지 않으려고
오래 전부터 몸에 밴 탈춤이었다
구부러지고 입맛에 들게 숨기고
그래서 춤은 힘들고 내 춤은
가슴을 숨긴 입술이다
탈을 벗기면 할 말이 없다
알몸뚱이 빈 껍질뿐

■ **강영환** _ 1977년 동아일보 신춘문예 시 등단. 1979년 《현대문학》 시 천료. 1980년 동아일보 시조 당선. 시집으로 《칼잠》 《집산 푸른 잿빛》 외 다수. 이주홍문학상. 부산작가상 수상.

혀 | 공재동

혀 하나로
세상을 살았네

혀 하나로
세상을 버렸네

혀 하나가
나의 사랑이네

혀 하나가
나의 허무$_{虛無}$네

■ **공재동** _ 1977년 《아동문학평론》 동시 등단. 1979년 중앙일보 신춘문예 시조 당선.
동시집 〈꽃씨를 심어놓고〉 외 8권. 시조집 〈휘파람〉 외 1권. 세종아동문학상, 최계락문학상,
이주홍아동문학상, 방정환아동문학상, 부산문학상, 부산시문화상 수상.

일미 一味 ㅣ 백이운

옆구리를 간질이다 빵처럼 뜯어먹는다

머리를 쓰다듬다 낙지처럼 집어삼킨다

혓속에 칼을 물고서야 일미는 완성된다

■ 백이운 _ 1977년 《시문학》 등단. 시조집 〈슬픔의 한복판〉 〈왕십리〉 〈그리운 히말라야〉 〈꽃들은
하고 있네〉 〈무명차를 마시다〉 〈어찌됐든 파라다이스〉 등. 한국시조작품상, 이호우시조문학상,
유심작품상 수상 계간 〈시조세계〉 발행인 한국시조시인협회 부이사장 역임

내 몸속의 우주 ㅣ구재기

내 몸속에 숨어있는 우주는
일차원의 단세포
어떠한 진화도 모두 거부한다
자업자득의 근본이 되는

비바람이 불어오더라도
단 한 치의 어긋남이 없는 세 치의 살일 뿐
걸음하는 뼈는 보이지 않는다

굳은 땅 위에서 한 자리를 놓고도
조금도 다툴 줄 모르는
해와 달을 굳이 뒤로하고

언제 어디서든 전광석화처럼 앞장서서
잦은 인연들을 만나
살로 주고 피로 받는

하나의 어엿한 생명체로
당당한 행위는 오히려 변화무쌍하다
빛과 어둠도 구분하지 않는다

때때로 자승자박도
마다하지 않는, 단세포의 혀
그 부드럽고 찬란한
내 몸속의 어엿한 우주

■ **구재기** _ 충남 서천 출생 1978년 《현대시학》 등단. 시집 〈추가 서면 시계도 선다〉와 시선집
〈구름은 무게를 버리며 간다〉 등 다수. 현재 충남시인협회 회장.

혀 | 송진환

날마다 시끄러운 세상
네 탓이 9할이다
신맛 쓴맛 다 버리고 단맛만 좇더니만
기어이 제 맛도 잃고 스스로 무너지는,
그리고도

마냥 세상만 탓하는 너
너를 어쩌랴

어둠이 또 사방에서 무섭게 몰려온다

■ 송진환 _ 1978년 《현대시학》 시 등단. 2001년 매일신문 신춘문예 시조 당선. 시집으로 《바람의 行方》《잡풀의 노래》《조롱당하다》《누드시집》《못갖춘마디》 등.

혀 바이러스 | 최순섭

칼잡이들 여럿이 고기를 구워 먹는 저녁
포장마차 비닐하우스에 무수히 돋아나는 푸성귀가 춤을 춘다

나불나불 푸른 연기 뿜어내며 고랑과 고랑 사이를 뒤흔드는 칼춤은
바이러스 검법이다

담장을 바수고 들어와 무자비하게 찌르고 깔아뭉개고 쓰러뜨리고
이따금 치켜세우고 다독이다가 무리지어 돌담 골목으로 사라져간다

누군가의 심장을 찌를 기세로 작은 내 텃밭에 번져오는 메르스 증세에
등 돌리는 사람들

독성 많은 붉은 잎 상추가 나불나불 머리 들고 나올 때
용감하게 싹둑 잘라 한입 싸먹는다

오물오물 고이는 육즙에 스르르 감기는 눈은 명현현상인가
어둠 속 고향집 평상 위에 마실 나오는 환한 이웃들
별 하나, 별 둘, 별 셋…

■ **최순섭** _ 1978년 《시밭》으로 작품 활동 시작. 시집으로 《말똥.말똥》이 있음. 에코데일리 문화부장, 한국가톨릭독서아카데미 상임위원. 서울특별시교육청 근무.

혀 | 이승은

혀를,
가능하면 쉬게 하고 싶다

쓰고 비린 말들
거푸집을 짓는 그 곳

듣지도 보지도 말고…
열흘 쯤 말을 묶고…

■ **이승은** _ 1979년 문공부 · KBS주최 전국민족시백일장으로 등단. 시집으로 〈넬라 판타지아〉
〈꽃밥〉 〈환한 적막〉 〈시간의 안부를 묻다〉 외 4권이 있음.

혀 | 정해원

굴리고 굴리다가 침과 섞는 혀의 작용
입술과 이빨로만 아무것도 못 먹는데
뭣이던 꿀꺽 삼키는 아귀들의 저 목구멍

맛봉오리 대어보며 맛을 보고 간을 본다
단맛은 삼키는데 쓴맛을 뱉어내는
오늘도 감탄고토가 세상사의 이치인가?

꽃뱀이 똬리 풀고 장산 마루 넘는 저녁
쉼 없이 날름대는 모리배들 말의 향연
서민들 새빠지게 살아 말 못하는 실어증

*장산 : 부산 해운대구에 있는 산
*새 : 혀의 경상도 사투리.

■ **정해원** _ 1979년 《시문학》 추천 등단. 시조집으로 〈소실점〉 외. 부산시조문학회 회장 역임.
부산문인협회 시조분과위원장. 성파시조문학상, 낙동강문학상 수상.

▐ 1980년~1989년 등단시인

■ 김진광_혀도 혀를 내 두를 때가 있다/ ■ 백우선_바다의 혀/
■ 이사라_혀/ ■ 박선욱_혀/ ■ 이화주_어른이 된 그 아이들/
■ 김백겸_「씨푸드」 뷔페에서 혀를 길게 늘이고/ ■ 김소해_
망치변명/ ■ 임문혁_혀가 혀를 떠났다/ ■ 박재화_밤의 양치
질/ ■ 소재호_혀/ ■ 이승하_혀/ ■ 이은봉_혀/ ■ 김민정_촉 트
다/ ■ 문인수_가방/ ■ 박방희_욕설/ ■ 임영석_詩를 쓰려거든
세 치 혀를 자르라/ ■ 공광규_따뜻한 말씨/ ■ 김종원_말혀/
■ 최영철_붉은 혀 단풍/ ■ 고진하_묵언의 날/ ■ 권정남_줄장
미/ ■ 김연동_혀/ ■ 서범석_성업 중인 설과/ ■ 장옥관_혀/
■ 허림_푸른 헛바닥/ ■ 홍일표_나무의 내력/ ■ 김기택_혀/
■ 나희덕_상처 입은 혀/ ■ 남효선_협객 백동수와 놀다/
■ 양점숙_혀/ ■ 허문영_내 마음의 홍기/ ■ 홍성란_카톡/
■ 황미라_나무의 격려사

혀도 혀를 내 두를 때가 있다 | 김진광

어릴 적 탈곡기로 벼 타작 하던 날이다
눈 속에 든 티를 어머니가 혀로 꺼내주었다
그 때쯤 내 혀가 뒤돌아서는 일은
메롱, 하고 놀리고 도망가는 것뿐이었다
나중에, 혀가 하는 일에 혀를 내 둘렀다
세상 사물의 단맛 쓴맛 신맛 짠맛을
눈감고 백발백중 과녁에 정확히 맞추었다
더 많은 용돈을 타내는 일에도
더 예쁜 여자 아이를 낚는 일에도
상대방의 가슴에 칼날을 꽂고 돌아서는 일에도
혀는 감추어 다니기 참 좋은 병기였다
보관하기 좋은 다용도 잭나이프 같은
이만한 물건을 이 세상에 본 적이 없다
부드러운 세치 물건이 산 사람을 죽이고
다 죽어가는 사람을 살리는 것을 보며
신의 선물에 감사하며, 또한 혀를 내 두른다
우리는 세치 혀로 밥을 먹고, 노래를 부른다
예초기처럼 휘두른 혀의 날에 내가 다칠 때는
침묵의 자물통으로 단단히 채워놓지만
독수리처럼 발톱을 감추고 기회를 엿보고 있다
쨕, 쨕, 쨕, 마당가 참새는 몇 마디 안 하고도
입이 더럽혀 졌다며 나뭇가지에서 입을 닦는다
어미 소가 송아지를 낳고 처음 하는 일은
혀로 송아지를 핥아주는 일이었다

■ **김진광** _ 1980년 《소년》(동시), 1986년 《현대시학》 시 등단. 동시집 〈바람개비〉 외, 시집으로
〈모시나비〉 외 여러 권이 있음.

바다의 혀 | 백우선

넘실대는 이야기 바다의 내민 혀는 강이다

산과 들과 마을과 굽이굽이 도란거리는 강은

사람들의 대하소설 같은 일생을 들려주는

그들의 혀로 반짝인다

■ 백우선 _ 1981년 《현대시학》 등단. 1995년 《한국일보》 신춘문예 동시 당선. 시집으로 〈봄의 프로펠러〉 외 다수. 동시집으로 〈지하철의 나비 떼〉 등이 있음.

혀 | 이사라

입 다물면 저 혼자
혀뿌리에 조용히 매어 있네

크게 입 벌려
자유자재의 세상을 살고 싶어도
뿌리가 깊은 것을 나는 어쩌지 못하네

어느 날 다행히
내 혀가 언어를 만나
험한 세상을 속을 드나들며 말을 터트릴 때
종종 혓바늘 돋는 세상이 나를 찌르네

오늘만큼은
혀뿌리 위에서 쉬고 싶지만
혀가 말리면 이 세상을 떠나는 거야
당신이 웃으며 말했지

나도 따라서 천천히 웃네

■ 이사라 _ 1981년 《문학사상》 등단. 시집으로 〈히브리인의 마을 앞에서〉 〈미학적 슬픔〉 〈숲속에서 묻는다〉 〈시간이 지나간 시간〉 〈가족박물관〉 〈훗날 훗사람〉이 있음. 대한민국 문학상 수상. 현재 서울과학기술대학교 문예창작학과 교수.

혀 | 박선욱

때때로 가시가 되고
때로는 다른 사람의 눈에 박혀
피눈물 맺히게 하고
세상의 관절마다 파고 든 그것들이
녹슬어 빨갛게 될 때까지
아무도 멈추지 않는다
딱 한 번
사랑할 때만 빼고

■**박선욱** _ 1982년 《실천문학》 등단. 시집 《그때 이후》 《다시 불러보는 벗들》 《세상의 출구》 등이
있음.

어른이 된 그 아이들 | 이화주

혀를 주고
발을 얻었던 인어공주
물거품으로 사라진 것이 아니라
아이들 가슴속에 살고 있었지

어른이 된 그 아이들
무엇을 사려고
혀를 팔았나?

"당신은 누구인가" 물어도
말을 못 하네

■ **이화주** _ 1982년 강원일보 신춘문예 및 《아동문학평론》 동시 등단. 동시집 〈아기 새가 불던 피리〉 〈내게 한 바람 털실이 있다면〉 〈뛰어다니는 꽃나무〉 〈손바닥 편지〉 〈내 별 잘 있나요〉와 그림동화 〈엄마 저 좀 재워주세요〉가 있음. 한국아동문학상, 윤석중문학상 등 수상.

「씨푸드」뷔페에서 혀를 길게 늘이고 | 김백겸

초밥 몇 개에 훈제연어 두 조각을 접시에 얹어 미역국과 함께 먹노라니
녹조로 폐사한 수십만 마리의 물고기들이 생각나네
지구의 평균온도가 3도만 더 올라가면 경제약자와 노령자들이 양식넙치
처럼 일사병으로 쓰러질지도 모르지
인류가 자연이라는 뷔페식당에서 먹이를 착취하는 식량문제가 있고
노령인구의 증가가 사회문제가 되는 경제문제가 있네
이 뷔페가 다른 생명의 희생이거나 빈자의 몫으로 차린 잔치상 일지도
모른다는 생각
더위를 핑계 삼아 새삼 식욕이 없네

그렇지만 모두들 탐식의 혀를 길게 늘여 잘도 먹는구나
시원한 티에 반바지를 입고 패션 모자를 쓴 청년의 식욕은 끝이 없고
고급 원피스를 입은 중년의 여자도 살찐 어깨를 드러내며 스테이크에
소스를 얹어 육질의 맛을 향유하는구나
우리 사무실 아가씨들도 커피와 팥빙수와 과일로 마지막 디저트를 장식
하는구나

혀로 산해진미를 맛보는 세상
눈의 혀로 세상의 모든 풍경을 맛보는 세상
생각의 혀로 인생의 모든 악취까지 맛보는 세상
「씨후드」뷔페에서 에스컬레이트로 내려오니 아래층은 롯데마트 1층,
아웃도어와 캠핑용품과 여름옷들이 산더미처럼 즐비하네
자본이 차린 상품들이 뷔페 음식처럼 늘어서 있네
돈의 혀는 새로운 상품의 디자인과 칼라를 맛볼 준비가 되었네

■ **김백겸** _ 1983년 서울신문 신춘문예 등단. 시집으로 〈비를 주제로 한 서정별곡〉 〈가슴에 앉힌 山 하나〉 〈북소리〉 〈비밀정원〉 〈기호의 고고학〉 등이 있음. 시론집으로 〈시적환상과 표현의 불꽃에 갇힌 시와 시인들〉 〈시를 읽는 천개의 스펙트럼〉 등이 있음.

망치변명 | 김소해

벽에다 못을 박으며 아프게 또 때린다

못이란 어딘가에 박혀야 제 몫이니

때리는 망치의 심정 울지 마라, 사랑이다

나무의자 다듬어며 더 세게 때린다

속 깊이 숨어들라 머리 내밀지 말라

내밀다 정 맞을까봐 사랑이다, 말 망치

■ **김소해** _ 1983년 《현대시조》, 1988년 부산일보 신춘문예 등단. 시집으로 〈치자꽃 연가〉
〈흔들려서 따뜻한〉 〈투승점을 찍다〉 등이 있음. 성파시조문학상 수상.

혀가 혀를 떠났다 — 이문재 풍으로 | 임문혁

혀가 혀를 떠났다
혀가 혀를 떠나자
진실이 따라 나갔다
진실이 떠나자
혀에 바람이 들었다
혀가 움직일 때마다
허풍虛風이, 사풍邪風, 외풍外風, 광풍狂風이 불었다
미친바람이 불자
꽃이 시들어 떨어졌다
꽃이 지자
향기가 사라졌다, 나비도 날아가버렸다
나비가 떠나자
춤이 노래를 데리고 자취를 감추었다
아무도 모르게 시도 증발했다
시가 증발하자 혀에 가시가 돋았다
혀가 움직일 때마다 상처가 나고 피가 흘렀다
피를 흘리며 시름시름 죽어가고 있다
살맛이 사라졌다

■ **임문혁** _ 1983년 한국일보 신춘문예 시 당선 시집으로 〈외판 별에서〉 〈이 땅에 집 한 채〉 등이 있음.

밤의 양치질 ㅣ박재화

고르지 못한 치열
이 사이, 잇몸까지

거짓이 보풀고
불순물 끼다

오늘도 맘에 없는 말
너무 많이 하다

■ 박재화 _ 1984년 《현대문학》 등단. 시집으로 〈도시의 말〉〈우리 깊은 세상〉〈전갈의 노래〉
〈먼지가 아름답다〉 등이 있음. 기독교문학상, 성균문학상 등 수상.

혀 | 소재호

제4 빙하기를 건너, 너는
동면을 벗고, 비로소 생명이 되었지
인류의 꿈은 언제나 꿈일 뿐
너는 현재에 다 달아
살아 있음을 낼름거렸지
지상의 목숨들 거느리고
습한 동굴에서도 붉은 식욕은 거침없고
바다 밑을 온통 휘모는 문어처럼
너의 연체軟體는
지상을 자꾸 굽질렀지

움찔거리면 생명
현란하게 요동치면 웅변
너는 호모사피언스 이래로
잡아먹는 본능으로
종족을 번식시켰고,
우주를 타고 앉은
제일 건방진 거짓말쟁이

말하라, 이제부터는 턱을 열고
진실만을 밖으로 쏟아내라
네 말씀의 온기로
온 세상이 빛날 때까지

■**소재호** _ 1984년 《현대시학》 등단. 시집으로 〈어둠을 감아 내리는 우레〉 외 다수. 전주
완산고등학교장, 전북문인회장, 원광문인회장 역임. 목정문화상 수상. 현재 석정문학관 관장.

혀 | 이승하

딥 키스─ 혀를 탐했던 시절도 있었다
지금은─ 세 치 혀를 놀려
밥 구하고 잠자리 마련한다

새우깡 한 봉지면 행복했던 시절이 있었다
조금 지나자 이것만으로는 부족하여 오징어땅콩, 맛동산
조금 더 지나자 맥주 캔 두어 개
지금은─ 그 어떤 비싼 과일 안주도 나를 만족시켜주지 않는다

달면 삼키고 쓰면 뱉는 내 교활한 혓바닥이여
혀를 조심해야 하거늘
나 오늘 또 코를 킁킁거리며
누구의 무엇을 핥으려 하는가

나를 오래 믿어주었으나
내 이 세 치 혀 때문에 침을 뱉고 돌아선 그대들이여
복날 무더위 속
혀 길게 빼문 황구의 운명을
그놈들의 남은 목숨을 헤아려보면

내 이 혀를, 펜 쥔 손을
함부로 놀리지 말아야 하는데
입만 벌리면 아첨이다 거짓말이다
혀를 찰 일이다

■ **이승하** _ 1984년 중앙일보 신춘문예 등단. 시집으로 〈천상의 바람, 지상의 길〉〈불의 설법〉
외 다수. 평론집 〈집 떠난 이들의 노래〉〈한국 시문학의 빈터를 찾아서 2〉 등이 있음. 현재 중앙대
문예창작학과 교수.

혀 | 이은봉

입 속의 혀가 되어 달라고요 아니라고요 아예 입 속의 혀를 달라고요

혀어, 혀를요 어떻게든 혀 봐야 하나요
어지럽네요 대마초라도 피운 것 같네요

한때 나도 혀를 받은 적이 있기는 해요 처음 혀를
받았을 때는 아랫도리가 후둘후둘 떨렸지요

그때의 혀, 지금은 다 사라졌지만요 기억조차 아슴해요

정말 제 혀를 달라는 것은 아니겠지요 혀를 달라는
것은 노예가 되어 달라는 것인데요.

나는 채널에이가 아니에요 티비조선이……
혀를 주면 내게 무엇을 줄 것인데요

혀를 줄 수는 없어요 혀는 자유에요 채널에이나
티비조선은 당신이 다 가지세요.

■ **이은봉** _ 1984년 《창작과비평》 신작시집 『마침내 시인이여』를 통해 등단. 시집으로 〈내 몸에는 달이 살고 있다〉 〈길은 당나귀를 타고〉 〈책비위〉 〈첫눈 아침〉 〈걸레옷을 입은 구름〉 등이 있음. 현재 광주대학교 문예창작과 교수.

촉 트다 | 김민정

둥글게 제 몸 말아 한껏 움츠린 뒤
두꺼운 껍질 뚫는 세상 이치 아느냐고
무수한 물음표들이
혀를 쏘옥 내민다

빛 부신 별자리가 하늘에만 있지 않고
땅에도 가만 내려 조명등 켜드는가
봄이다, 초록별 세상
나도 촉을 틔운다

■ 김민정 _ 1985년 《시조문학》 등단. 시집 《백악기 붉은 기침》 《영동선의 긴 봄날》 《사랑하고
싶던 날》 외 2권, 시 평설집으로 《모든 순간은 꽃이다》 《시의 향기》가 있음.

가방 | 문인수

빈 집 바람벽에 빈
가방 하나 시꺼멓게 걸렸다
한 쪽 손잡이 끈만 저물녘
대못질의 벼랑 끝에 매달렸다 잔뜩 벌어진 지퍼,
고성방가다 바닥난 거다 이 환장,
말도 못하게 무거운 거다 깜깜한 앞날, 절망은 걸핏하면
만만한 게 절망이다 그 입,
다물라, 다물라 또 한 바탕
윽박질러놓고 떠났다

가야 오는 봄!

산중 곰팡내를 핥아내는 혀,
진달래 능선 길다

■ **문인수** _ 1985년 《심상》 등단. 시집으로 〈늪이 늪에 젖듯이〉 〈뿔〉 〈동강의 높은 새〉 〈쉬〉 〈배꼽〉
〈적막 소리〉 〈그립다는 말의 긴 팔〉 등 9권. 대구문학상, 김달진문학상, 노작문학상, 편운문학상,
금복문화예술상, 시와시학작품상, 한국가톨릭문학상, 미당문학상 등 수상.

욕설 | 박방희

일반인들은 욕辱을 하지만 학자들은 욕설辱說을 한다

욕은 욕이지만 욕설은 설說이기 때문이다

■ **박방희** _ 1985년 《일꾼의 땅》과 《민의》《실천문학》으로 작품 활동. 시집 《불빛하나》 〈세상은 잘도 간다》 〈정신이 밝다》 등과 시조집 〈너무 큰 의자》가 있음. 동시집으로 〈참새의 한자 공부〉 〈날아오른 발자국》 〈우리 집은 왕국》 〈바다를 끌고 온 정어리》 등이 있음.

詩를 쓰려거든 세 치 혀를 자르라 | 임영석

반계리 은행나무는
천년, 태고의 숨을 몰아쉬며
꼭 다문 입의 혀를 자르고 있었다
두 눈을 뽑아 버리고 있었다

보고도 못 본 척,
들어도 못 들은 척,
천 년 세월을 가슴에 묻고 있었다

언제라도 떨어져 나갈 듯한 두꺼운 껍질은
천 년 세월을 비집고 들어간 발자욱처럼
내 詩의 벌집같이 꿀을 담아 두고 있었다

(詩 스승이 없는 내가 반계리 은행나무를 마음속에 詩 스승으로 모시고
스승님이 주시는 은행 알 하나 문질러 까먹는데, 똥 냄새뿐이다 이게 무슨
숙제일까 몇 년을 생각하다가 겨우 생각이 미치는데, 똥 냄새인지 스승의
숙제인지 구분 못하는 놈이 무슨 시를 쓰겠는가 당장 세 치 혀부터 잘라버려야
할 것 같다 세상 단맛 쓴맛 다 보고, 들을 것 볼 것 다 듣고 보고 무슨 제왕이
되어 시詩를 쓰겠느냐는 꾸지람이라는 걸 깨달았다)

옳다 옳다 반계리
은행나무 詩의 스승께서
詩를 쓰려면 세 치 혀를 자르고
천 년 만년 읽을 수 있는 지문 같은 詩를 쓰라 한다

■ **임영석** _ 충남 금산 출생. 1985년 《현대시조》, 1989년 《시조문학》 등단. 시집으로 《이중창문을
굳게 닫고》 《사랑엽서》 《나는 빈 항아리를 보면 소금을 담아 놓고 싶다》 등이 있음.

따뜻한 말씨 | 공광규

마음으로 만졌을 때 악기처럼 아름다운 당신
몸속에서 튀어나온 부드러운
말씨 한 알이 어느새
들숨 날숨 통해 내 몸 속
허파꽈리거나 위벽에 붙어
가는 뿌리를 내리고 잔가지를 뻗는다 했더니
내 마음 천장까지 뚫고 자라 큰 나무가 되었습니다
한참 쓰리고 아플 때는 몰랐는데 그것이
내 몸 속 실핏줄까지 뻗어가는 당신이었다니
심장이 찢어지고 가슴이 관통해서야
당신이 내 안에 큰 키로 자라 있음을 알았습니다
한 아름 커진 당신을
마구 안아보다 감당이 안 돼
그 나무 아래로 가서 앉아 있기도 누워보기도 하다가
아예 기둥 삼아 집을 지어
오래오래 머물거나 장작으로 패서
남은 생애를 따뜻하게 데우거나
관을 짜서 함께 썩으려고 합니다 그려

■ **공광규** _ 1986년 월간 《동서문학》 등단. 시집으로 〈소주병〉 〈담장을 허물다〉 등이 있음.

말혀 | 김종원

넌
할 말 있지 분명히
알면서도
모르는 척 외면하면 안돼

숨기려고 할수록
자꾸만 드러나게 되는 법
부끄러운 일이야

말혀

할 말이 있다고
어서
모르는 척 넘어 가면
안돼
그건
부끄러운 일이야

■ **김종원** _ 1986년 무크지 《시인》 등단. 시집으로 〈흐르는 것은 아름답다〉가 있음.

붉은 혀 단풍 | 최영철

잎은 나무의 혀
수천수만 빛깔로 돋아
저 높고 푸른 하늘을 맛보지
수천수만 손 뻗어
먼길 달려온 바람의
지친 어깨 어루만지지
해를 따라 붉어진
잎은 나무의 혀
수천수만 노래로 휘날리며
홍얼홍얼 어깨춤
먼 유랑을 떠나지

■ **최영철** _ 1986년 한국일보 등단. 시집 〈금정산을 보냈다〉 〈찔러본다〉 〈호루라기〉 〈그림자 호수〉 〈일광욕하는 가구〉 외 다수. 육필시선집 〈엉겅퀴〉, 성장소설 〈어중씨 이야기〉, 산문집 〈변방의 즐거움〉 등이 있음. 백석문학상 등 수상.

묵언默言의 날 ㅣ고진하

하루 종일 입을 봉緘하기로 한 날,
마당귀에 엎어져 있는 빈 항아리들을 보았다
쌀을 넣었던 항아리,
겨를 담았던 항아리,
된장을 익히던 항아리,
술을 빚었던 항아리들
하지만 지금은 속엣 것들을 말끔히
비워내고
거꾸로 엎어져 있다
시끄러운 세상을 향한 시위일까,
고행일까,
큰 입을 봉한 채
물구나무 선 항아리들
부글부글거리는 욕망을 비워내고도
배부른 항아리들,
침묵만으로도 충분히
배부른 항아리들!

■ **고진하** _ 1987년 《세계의 문학》 등단. 시집으로 〈지금 남은 자들의 골짜기엔〉〈우주배꼽〉
〈얼음수도원〉〈수탉〉〈거룩한 낭비〉 등과 다수의 저서와 변역서가 있음. 김달진문학상 수상.

줄장미 | 권정남

담장마다 붉은 혀가 걸려 있다

유월 초순
사지四肢가 찢긴 채, 능지처참 당한
사육신들의 혀다

상왕*을 복위 시키려다가 누설된 거사
그 충혈 된 눈망울들
찢어진 살[肉] 틈으로 낭자히 흐르던
꽃잎, 꽃잎들

밧줄에 감겨있던, 이승의 말글들이
피 빛, 꽃덩쿨 되어
눈이 아프도록 매달려있는
6월, 담장

그, 충직한 혀들이

*상왕 : 단종

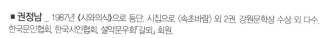
■ **권정남** _ 1987년 《시와의식》으로 등단. 시집으로 〈속초바람〉 외 2권. 강원문학상 수상 외 다수.
한국문인협회, 한국시인협회, 설악문우회「갈뫼」회원.

혀 | 김연동

해묵은 설태舌苔들을 조탁하듯 닦아낸다

휘둘러 못 박히고 구부려 쌓인 더께

어두운 밑뿌리에도 부신 빛 들 때까지,

머리를 조아리던 먼 천 년 어느 왕조

흰 피로 덮은 하늘, 그 하늘 날빛 같이

길 위에 남기고 싶은 몇 줄의 말을 위해

■ **김연동** _ 1987년 경인일보 신춘문예 등단. 시집으로 〈저문 날의 構圖〉〈바다와 신발〉〈점묘하듯, 상감하듯〉〈시간의 흔적〉〈휘어지는 연습〉 등이 있음.

성업 중인 설과 | 서범석

아픈 이와 잇몸은 치과로
병든 이비인후는 이비인후과로
같은 입안동굴 가운데의 혀만 갈 곳을 몰라

중심으로서의 체면이 옆구리를 간질이며
독립적으로 차라리 설과를 차리라는 유혹
물리치지 못하고 성업 중인데

유물론을 살살 핥아 톱니설을 박고
코페르니쿠스의 천동설로 침을 발라 마취한다
깨어나지 못하면 복상사 동침설로 휘감는다

백설 피부에 설설 끓는 본능설로, 키스
희망이 절망에게 천당만원설로, 메롱
다시는 만나지 말자를 윤회설로, 꿈 깨

이 설 저 설 혀로 끌고 가서
혀가 혀를 만나 입원하고
여기서 모든 혀가 사랑하다 죽게 하라는 혀까지
모두 장례식에 참석하라는 천당설을 물고 사는

■ **서범석** _ 1987년 《시와의식》(평론), 1995년 《시와시학》(시)로 등단. 시집 《풍경화 다섯》 《흙풀》 《종이 없는 벽지》 《하느님의 카메라》 등. 현재 《시와소금》 편집위원.

혀 ㅣ 장옥관

혀와 혀가 얽힌다
혀와 혀를 비집고 말들이 수줍게
삐져나온다
접시 위 한 점 두 점 혀가 사라질수록
말이 점점 뜨거워진다
말들이 휘발되어 공중에 돌아다닌다
장대비가 되어 쏟아진다
그렇게 많은 말들이 갇혀 있을 줄 몰랐던
혀가 놀라며 혀를 씹으며
숫구치는 말들을 애써 틀어막으며
그래도 기어코 나오려는
말을 비틀어 쏟아 낸다
혀가 가둬 놓았던 말들이 저수지에 갇혀 있던
말들이 치밀어 올라
방류된다 평생 되새김질만 하던 혀는
갇혀 있던 말들을 초원에
풀어 놓는다

■ **장옥관** _ 1987년 《세계의문학》 등단. 시집으로 〈황금 연못〉 〈바퀴소리를 듣는다〉 〈하늘 우물〉 등이 있음. 김달진문학상 수상.

푸른 헛바닥 | 허 림

말 못한다고 그러는게 아녀
말한다고 해도 그러믄 안되는 겨
지새끼 품지못하는 뻐꾸기 봐라
멀리서 지켜보는 에미애비의 속타는 저 울음소리 들어보란 말여
딱새만 보믄 바보 같다 하겠지만 오죽하면 남은 집 둥지에 알을 낳겠나
원래 남의집살이는 고된 겨
그렇다고 뻐꾸기가 잘 했다는 거 아녀
다만 뱉을 말이 있고 삼킬 말이 있는 겨
한번 내민 헛바닥으로 올곧게 사는 즈것들을 보란 말여
뉘가 와서 지랄 발광을 하더라도 한마디 말도 안 하잖어
꿈 참았다가 한번 내뱉는데도 을매나 뜸들이냐
들을 소리 할 소리 다 묻어오는 바람마저 걸러내어
내미는 푸른 헛바닥을 보란 말여
그냥 보여만 주는 것인데
맴속에 응어리진 우울의 뿌럭지가 쑥 빠지는 걸 알제
시상에 선상님들이란 가르치는 것들만이 아닌겨
뭐시더라 그려 보여주기만 해도
좋은 스승이 되는 것들이 넘치는 벱이여
내는 다른 건 몰라도 푸른 헛바닥을 내미는
낭구들의 말을 귀에 담고 맘에 담네
저걸 다 들었다 혀도
푸른 헛바닥으루 쓴 낭구의 시 한 구절
제대로 읽은 적이 읎네

그저 있는 거 기냥 보여주기만 했는데
맘을 잡네

■ 허 림 _ 1988년 강원일보 신춘문예 등단. 시집으로 〈신갈나무 푸른 그림자가 지나간다〉 〈노을강에 재즈를 듣다〉 〈울퉁불퉁한 말〉 〈이끼 푸른 문장을 읽다〉 〈말주머니〉가 있음.

나무의 내력 | 홍일표

바닥을 스스로 끊어낸 겨울나무
목구멍 속으로 넘어간 말들이
밑바닥을 웅얼웅얼 기어다닌다
넙치 같은 혓바닥이 물큰 만져진다
달랑 몸만 남은 나무는 조용히 흔들리며
긴 손가락으로 제 쓸쓸한 그림자를 뒤적인다
새들이 나뭇가지에 앉아
함께 지저귀던 새파란 혀를 찾는다
톡톡 나무의 몸을 노크하며
팔랑거리던 옛 이름을 부르다가
슬그머니 나무의 둥근 그림자 속으로 들어간다
그림자가 출렁,
나무의 서늘한 몸에 온기가 돈다
새는 보이지 않고, 나무가 지저귀기 시작한다
가지, 가지마다 새순 같은 옹알이
그러나 아직도 빠져 나오지 못한,
바닥에 달라붙어 몸을 뒤트는 혓바닥
나무가 웅웅거리며 속 깊이 우는 까닭이다

■ **홍일표** _ 1988년 《심상》 및 1992년 경향신문 신춘문예 등단. 시집으로 〈안개〉 〈순환선〉 〈혼자
가는 길〉 〈살바도르 달리풍의 낮달〉 〈매혹의 지도〉 등이 있음. 현재 《현대시학》 주간.

혀 | 김기택

수박을 우적우적 썹어 삼키고 난 그의 입에서
대여섯 개의 수박씨가 차례로 튀어나왔다
벙어리장갑처럼 뭉툭한 혀는
이빨 사이에서 힘차게 으깨지는 수박 속에서
정확하게 씨를 골라내고 있었던 것이다
수박을 먹으며 그는 하던 말을 계속 이었다
그가 수박씨 다음으로 내뱉는 말들이
수박 파편들을 피해가며 정확한 발음을 내도록
혀는 쉴새 없이 빠르게 움직이고 있었다
 저 작은 입으로 갈비와 맥주와 냉면이 들어가고
수박까지 남김없이 들어간 것은
입구멍 안에 어둡게 숨어 있는 혀 탓일 것이다
먹을 만큼 먹어 더 먹을 마음이 없어진 혀는
수고했다고 등 두드려주는 두툼한 손바닥처럼
이와 입술을 오랫동안 정성껏 핥아주었다
실컷 먹고 마시고 떠들고 난 그는
개고기 끝내주는 집이 있는데 다음엔 거기 가자고
차만 안 막히면 한 시간이면 충분히 갈 수 있다고
중복 점심에는 다른 약속 하지 말라고
혀로 입맛을 다지며 내게 다짐을 받아 두었다

■ 김기택 _ 1989년 한국일보 신춘문예 등단. 시집으로 〈태아의 잠〉 〈소〉 〈사무원〉 〈껌〉 〈갈라진다
갈라진다〉 등. 김수영문학상, 현대문학상, 이수문학상, 미당문학상, 지훈문학상 등 수상.

상처 입은 혀 | 나희덕

너는 혀가 아프구나,
어디선가 아득히 정신을 놓을 때
자기도 모르게 깨문 것이 혀였다니
아, 너의 말이 많이 아프구나

무의식중에라도 하고 싶었던,
그러나 강물처럼 흐르고 또 흘러가버린,
그 말을 이제야 듣게 되는구나
고단한 날이면 내 혀에도 혓바늘처럼 돋던 그 말이
오늘은 화살로 돌아와 박히는구나

얼마나 수많은 어리석음을 지나야
얼마나 뼈저린 비참을 지나야
우리는 서로의 혀에 대해 이해하게 될까

혀의 뿌리와 맞닿은 목젖에서는
작고 검고 둥글고 고요한 목구멍에서는
이제 아무 소리도 나지 않는다
말이 말이 아니다

독백도 대화도 될 수 없는 것
비명이나 신음, 또는 주문이나 기도에 가까운 것

혀와 입술 대신
눈이 젖은 말을 흘려 보내는 밤
손이 마른 말을 만지며 부스럭거리는 밤

너에게 할 말이 있어
아니, 더 이상 할 수 있는 말이 없어
이생에서 우리고 주고받을 말은 이미 끝났으니까

그러니 네 혀가 돌아오더라도
끝내 그 아픈 말은 들려주지 말기를

그래도 슬퍼하지 말기를,
끝내 하지 못한 말은 별처럼 박혀 있을 테니까

■ **나희덕** _ 1989년 중앙일보 신춘문예 등단. 시집으로 〈뿌리에게〉 〈그 말이 잎을 물들였다〉
〈그곳이 멀지 않다〉 〈사라진 손바닥〉 〈야생 사과〉 〈말들이 돌아오는 시간〉 등. 김수영문학상,
현대문학상, 이산문학상, 소월시문학상 등 수상.

협객 백동수와 놀다 | 남효선

치장이 무에고 격식이 무엔가
틀이란 제 스스로를 옭아 매는 일
순정고문醇正古文이란 게 무에냐
낭떠러지를 때리며 물줄기는 제 몸을 살라
솟구치고, 나르고, 곤두박질치고, 뒹굴고, 내리꽂히는 것을
제 몸 낱낱이 모여 산천을 흔드는 장엄이 되는 것을

생각을 옭아매지마
글을 묶지마
옭아매면 맬수록 날이 서는 게야
흐트러지는 게야
저자거리의 말[言]을 줄 세우지마
말은 호랑나비야 제멋대로 날아다니는 나비야
말은 벌이야 제 꽃을 따라 떠도는 벌이야

문체반정文體反正이 다 무에야
저자거리는 온통 훨훨 날개 짓으로 가득한데
세상은 저토록 분방한데
형형의 빛깔로 꽃이 피고 새가 울고
비가 나리고 눈이 나리고 햇살이 강물처럼 흐르고
송홧가루처럼 이야기 세상을 퍼 나르는데
패관稗官이 무에야 소품小品이 무에야
패관도 소품도 정작 자갈물린 망아지

천길 절벽을 후려치는
자유인 게야, 꿈인 게야

■ **남효선** _ 1989년 《문학사상》 등단. 시집으로 〈둘게삼〉과 시화집 〈눈도 무게가 있다〉 외 다수.
시민사회신문 전국본부장 역임. 현재 아시아뉴스통신 기자.

혀 | 양점숙

현란한 말의 성찬
환하게 웃고 있어도

빙의 된 말속엔
가시가 비쳐들고

허공엔
마른 안개꽃
귀 울음에 몸을 떤다

바람의 열꽃에
사철 꽃이 피고 져도

혀끝 도는 미련에
푸른 멍이 실리고

어둠은
은밀한 손사래
그림자를 깨운다

■ **양점숙** _ 1989년 이리익산 문예백일장 장원으로 등단. 시집으로 〈꽃 그림자는 봄을 안다〉
〈아버지의 바다〉 등. 현재, 가람기념사업회 수석부회장, 《가람시학》 주간

내 마음의 흉기 ㅣ허문영

내 마음은 호수가 아니라 흉기다
틈만 나면 너를 피 흘리게 하는 흉기다
아득한 세상에서
나는 서슬 푸른 흉기를 품에 안고 사는 사람
무서운 사람

맛있는 음식과 고상한 말에 길들여진 혀도
순식간에 칼날이 되어 너를 찌르고, 자르고
어느새 내 입은 피 묻은 칼집이 된다

나는 양 같은 표정을 지으면서도
무서운 폭탄을 지니고 다니는 사람
맘에 내키지 않으면
너에게 일방적으로 선전포고를 하고
시커먼 속 안에 가득 차있는 분노를 꺼내어
무차별 폭탄선언을 한다

살다보면 나는 본디 나쁜 사람인데
가끔씩 착한 일을 하는 것인지
본디 착한 사람인데 가끔씩 나쁜 짓을 하는지 헷갈리지만
아무튼 나는 무서운 사람

지존파가 따로 있나?

막가파가 따로 있나?
너희들 모두 조심해!

■ **허문영** _ 1989년 《시대문학》 등단. 시집 〈고슴도치 사랑〉〈왕버들나무 고아원〉 등. 전
춘천문인협회장. 강원도문화상, 춘천예술상대상 수상. 현재 강원대학교 약학대학 교수.

카톡 | 홍성란

다 보려고 하지 말걸
다 들으려고 하지 말걸

아낌없이 건너간 마음은 쌓여 벽이 된 걸까

그럴 줄 차마 몰랐으니 서툰
내력을 삭제한다

■ **홍성란** _ 1989년 중앙시조백일장으로 등단. 시집으로 〈춤〉 등 4권. 시선집으로 〈애인 있어요〉
등 2권. 유심작품상, 중앙시조대상, 대한민국문화예술상(문학부문), 한국시조대상 등 수상. 현재
유심시조아카데미 원장.

나무의 격려사 | 황미라

거친 몸 어디에 돌돌 말려 있던 걸까

겨우내 쌓은 내공의
푸른 혀 내밀어
반짝반짝 세상을 깨운다

더러는 바람에 뒤집히고
벌레에 뜯기고
바닥에 떨어져 짓밟혀도

하나도 욕되지 않은
누구에게도 상처가 되지 않는

그저 싱그럽고 따스하게
봄을 부려놓는

■ **황미라** _ 1989년 《심상》으로 등단. 시집으로 〈빈잔〉 〈두꺼비집〉 〈스퐁나무는 사랑을 했네〉와
시화집 〈달콤한 여우비〉가 있음.

▌1990년~1999년 등단시인

▪김정수_하늘로 가는 혀/ ▪노혜봉_꽃갈피 허가 써 놓은/ ▪
이승용_마음 말/ ▪김인구_가면, 놀이/ ▪맹문재_나의 혀/ ▪
장승진_깨끗한 말 한 마디/ ▪류정환_혀를 깨물다/ ▪양승준_
고비/ ▪주경림_감나무잎사귀 단풍 극락/ ▪최연근_똥파리/
▪한승태_세월교/ ▪김용화_흑산도 할머니/ ▪박명숙_혀/ ▪
송유미_당신의 혀/ ▪이정록_주격/ ▪정숙_화간을 꿈꾸다/ ▪
정영숙_허로 쓰는 모래문자/ ▪송영희_우수/ ▪이대흠_동그
라미/ ▪김길나_고백/ ▪김선태_곡선의 말들/ ▪김찬옥_한 장
의 잎/ ▪류외향_갈매기의 혀/ ▪박남희_혀여, 침을 뱉어라/
▪박해림_풀의 침묵/ ▪백혜자_아귀다툼한 날/ ▪신미균_펄
럭이는 혀/ ▪이근구_영어의 혀/ ▪강기원_검은 바다의 혀/
▪권준호_사족/ ▪김환생_혀/ ▪박복영_혀/ ▪정이랑_헛바
늘/ ▪김관식_혀의 권력/ ▪김나영_연장론/ ▪김종태_복화술
사에게/ ▪류영환_연옥과 극락 사이에서/ ▪우은숙_내 혀가
갇혔다/ ▪송진_무슨 일이 있었던 거지/

하늘로 가는 혀 | 김정수

환자용 침대는
늘
일회용 기저귀를 차고 있다

다 큰 자식에게
터럭 몇 개 남은 거길 보여 주는 게
부끄러운지 얼굴을 외면한 채
손으로 자꾸 가리는 노모

긴 병의 순례는 한자리에 붙박인 정류장처럼
형식적이고 박하사탕 봉지엔
무료한 시간이 담겨 있다

사탕을 쌌던 비닐봉지가 말려 올라간 혀 같다

기도를 막을 것 같은 벽마다
여덟 개의 바람이 갸릉갸릉 돌아가고
초저녁부터 수면제가 혈액을 잠재운다

바스락거리는 혀를 휴지통에 구겨 넣고
슬픔을 되짚어 돌아오는 길

까무락,
노을이 길을 건넌다

■ **김정수** _ 1990년 〈현대시학〉 등단. 시집으로 〈서랍 속의 사막〉 〈하늘로 가는 혀〉가 있음.

꽃갈피 혀가 써 놓은 | 노혜봉

하늘칠판에 꼴깍
달빛 혀
혀끝으로 써 놓은 글자들

풀잎 눈
이슬 눈, 바람꽃
애끈한 입술
달빛 보드라운 혀
금빛헛바늘
천 겹 만 겹
천지天池는 꽃 갈피

장자의 소요유
금빛싸라기 문장
지리산도 반달곰의 잔털보다 작다
있다와 없다 그 차이

벼리를 한 숨에 댕겨
초가집 지붕 위
달맞이 꽃잎이 받아 쓴

갈피갈피 천 겹 만 겹
헛바늘 수놓은 꽃천지天池
새 푸른 마음에 저, 금빛싸라기
화엄경 묘음妙音이 찬연한,

■ 노혜봉 _ 1990년 《문학정신》 등단. 시집으로 〈산화가〉 〈쇠귀, 저 깊은 골짝〉 〈봄빛 절벽〉 등이 있음. 성균관문학상, 시인들이 뽑는 시인상 등 수상.

마음 말 | 이승용

꽃이 피는 건 힘들어도
지는 건 잠깐 이지
함부로 말하는 건 쉬워도
무너지는 건 잠깐 이지
흐드러지게 내려앉은 꽃일지언정
주워 담을 수 없는 말일지언정
엎드려 낮은 곳에 머물 줄 아는
꽃잎의 겸손한 위치처럼
중심 잡을 수 있는데
말은 쉬운데 행동은 어렵다지
아픈 말, 아픈 마음 만져주다
열려 버린 입술과 마음처럼
잘못한 혀 밑에
숨은 상처 위 둥둥 떠도는 혼잣말이
곰곰이 삭아 묵묵히 빛나다
마음 길에서 만난 묵언(黙言)

입 여는 건 쉬워도
마음 찾는 것 또한 한끝 차이라지

■ **이승용** _ 1990년 《시문학》 등단. 시집으로 《춤추는 색연필》이 있음. 한국현대시인협회,
가톨릭문인회 회원.

가면, 놀이 | 김인구

    빌어먹을 말들의 허울이 개뼈다귀처럼 굴러다닌다 굴러다니는 개뼈다귀에 채이는 말, 말들의 잔치 종로 모퉁이를 돌아 대학로를 돌아 배우의 뒷발에 채이면, 대사가 되고 시나리오가 되고 잠언이 되는 빌어먹을 말들의 변장술, 변장법 화장실에 앉아 루머가 되고 유언비어가 되어 변기통에 버려진다 물내림과 동시에 변기에서 사라지는 말들의 변, 수도꼭지를 관통해 쏟아지는 아우성의 변증법을 어깨에 얹고 바지춤을 추스린다 빌어먹을 말들의 어원은 대체로 출처가 분명하지 않다는 공통점을 지니고 있다 공통분모를 모조리 제로로 지우고 나면 쉰내를 풀풀 풍기는 말들은 썩은 개뼈다귀를 닮아간다 어디에도 숨을 곳 없는 벗은 말들이 지하철에서 돌아다닌다 어디에도 숨을 곳 없는 슬픈 말들이 거리로 쏟아져 나온다 연신 고개를 주억거리며 빌어먹을 말들은 진언이 되려고, 진술이 되려고 몸을 뒤집고 팔다리를 버둥거린다 당신 혀 속을 굴러 나온, 빌어먹을 말들의 잠금장치는 당신을 무장해제시킨다 남자 화장실 소변기에 앉은 파리 한 마리 조준하듯 당신 말들의 허구를 겨냥한다

    허공을 가르며 날아다니는 빌어먹을 말들의 가면 어디서나 버려진다

y

■ **김인구** _ 1991년 시집 〈다시 꽃으로 태어나는 너에게〉로 작품 활동 시작. 시집으로 〈신림동 연가〉 〈아름다운 비밀〉 〈굿바이, 자화상〉 등.

나의 혀 | 맹문재

아픈 맛을 느끼지 못하는 혀를
나는 왜 원망하지 못하나

이념을 포기한 채
순위의 조작에 집착하는 나의 혀

나의 조건들은 아픈 것이 분명한데
왜 절망하지 못하나

몸만 아픈 정신이 없고
정신만 아픈 몸이 없다는 것을
나는 수술을 하면서 깨닫지 않았는가

익숙한 틀을 두려워하지 않으면서
왜 늙고 마나

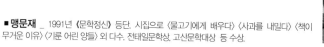

■ **맹문재** _ 1991년 《문학정신》 등단. 시집으로 〈물고기에게 배우다〉 〈사과를 내밀다〉 〈책이
무거운 이유〉 〈기룬 어린 양들〉 외 다수. 전태일문학상, 고산문학대상 등 수상.

깨끗한 말 한 마디 | 장승진

> — 어릴 땐 말들이 신기해 어른들 입을 보며 살았지,
> 토담 벽 낙서를 안아다 잠 속 갈피갈피 끼웠지

이젠 입을 다물어야지
겨울 꽃봉오리처럼
가지 끝에 숨겨둔 꽃을 위해
바람을 참아야지

나는 왜 옛 이야기만 중얼대고 있나
의미 없는 욕을 하고 또 궁시렁궁시렁
뭔가를 말하려 하고 있나
아무의 가슴 속에도 들지 못하는
들어가 성냥 한 개비 되지 못하는

고갯마루에 서서
멀리 이어진 산굽이에 대고
깨끗한 말 한 마디 외치고 싶다
꽁꽁 언 메아리가 나뭇가지 위 눈 부스러기라도
떨어뜨린다면, 산 꿩 한 마리라도 날린다면!
(되돌아오는 메아리의 피곤함 때문에
사람들에게라면 감히 생각도 못했을 일이다)

그러나 그냥 가슴에 넣어 두고
그 말 꽃불 되길 기다린다
찬바람 속 엎드려 묵상하고 있는
동자승 까까머리 같은 봉우리들 보며

이젠 입을 다물어야지
두려움도 녹아 고즈넉이 팔 껴안고 쉬는
큰 침묵의 따스하고 작은 방
겨울 꽃봉오리처럼

■ **장승진**_1991년 《심상》, 1992년 《시문학》 등단. 시집으로 〈한계령 정상까지 난 바다를 끌고 갈
수 없다〉 등. 갈뫼, 빈터 동인.

혀를 깨물다 | 류정환

늦은 저녁을 먹다가 한순간
혀를 되게 깨물었다
살점이 뜯겨 나간 자리에 하얗게 꽃이 피고
화끈화끈 벌들이 들끓었다

살이 되고 뼈가 되어 삶을 지탱해주던
한 숟가락의 밥과
김치, 풋고추, 나물 따위들이 뒤섞여
나를 찌른다

먹는 일이 지옥의 일이었구나.
살아서는 마칠 수 없는 형벌이었구나

제 살을 씹는 줄도 모르고
입을 놀리며 살아온 세월이
이리도 끔찍하게 아프다

■ **류정환** _ 1992년 《현대시학》 등단. 시집으로 〈검은 밤에 관한 고백〉〈붉은 눈 가족〉〈상처를 만지다〉 등. 민족문학작가회의 회원

고비 | 양승준

누가 날 안아 주었으면 좋겠다
그런 생각으로
겨울 한 철을 보낸 적이 있었다
홀로 추위를 견디는
백목련의 꽃눈 같은 심정이랄까
사막에서의 일상도 이러할 것이다
매 순간 순간이 고비이듯

아직 내게 혀가 있다는 게
이렇게 거추장스러운지 이제야 알았다
사막에서는 오늘도
한바탕 모래폭풍이 지나갔으리
머지않아 내 방은
혀의 무덤들로 가득 찰 것이다

■ **양승준** _ 1992년 《시와시학》(시) 신인상. 1998년 《열린시조》(시조) 신인상 등단. 시집으로 〈이웃은 차라리 없는 게 좋았다〉 〈사랑, 내 그리운 최후〉 〈영혼의 서역〉이 있음. 원주예술상, 강원문학상 등 수상

감나무잎사귀 단풍 극락 ㅣ주경림

감나무에는 수많은 잎사귀 혀가 달려있다
차마 말 할 수 없을 때
차마 말해서는 안 될 때 마다
나는 그 말들을 장독대 옆, 감나무에 매달았다

차츰 잎사귀 혀들은 무성해져
햇살을 받아적고
바람 소리, 빗 소리로 울음을 터뜨리기도 했다

차츰 잎사귀 혀들은 쇠락해져
벌레 먹은 혀, 끝이 말려올라간 혀,
갈색, 노란색, 주황색, 붉은색으로 물들더니
단풍 낙엽으로 허공에 소지공양한다

발설지옥이 단풍 극락으로!

■ **주경림** _ 1992년 《자유문학》 등단. 시집으로 〈풀꽃우주〉 외 다수.

똥파리 | 최연근

하늘이 뭉개지고
햇살이 녹아내린 날

기척 없이 숨은 놈을
한 시간 째 몰아내도

파르르 차창만 핥고 있는
똥파리 오디세이

■ **최연근** _ 1992년 충청일보 신춘문예 당선. 《시조문학》 천료. 시집 〈새, 날다〉 외.
한국바다문학작가상. 부산문학상 수상.

세월교 | 한승태

그대는 딸아이의 실내화를 빨고 있었고
나는 맞은편에 앉아서 이를 닦고 있었다
칫솔은 실내화의 겉은 물론 깔창까지
닦고 또 닦았다
꺼끌꺼끌한 혓바닥까지 닦고 또 닦았다

둘은 대화가 필요했을 뿐일까
소양댐 아래 세월교(歲月橋), 그 한 가운데 차를 세웠다
오른쪽 귀로 들어온 격랑이 왼쪽 귀로 빠져나갔다

늘 건강하세요, 그리고 행복하세요라는 말은
일회용 컵에 쓰인 말
한 마디는 해야 한다는 절박감이 오히려
그대에게 독이었다는 걸 그때 알았다

마흔 해의 강을 건너고 나는
햇살이 빠르게 기울어지는 걸 본다
노을은 언제까지 아름다울 것인가

■ **한승태**_강원도 내린천 출생. 1992년 강원일보 신춘문예, 2002년 《현대문학》 신인상으로 등단.

흑산도 할머니 | 김용화

목포행 훼리를 기다리는 흑산도 여객터미널,
홍도에서 만난 일행 중 하나가
완두콩 파는 노파한테 말을 걸었다
할머니, 흑산도엔 별로 볼 것이 없네요
담배 한 개피 꼬나물며 노파는
나도 콩콩하고 방콩하고 다 댕겨봤는디
사람 사능 게 다 그게 그거여
그저 그러려니 하면 되능 겨……
말을 마치며
볼우물이 파이게 담배 연기 빨아들였다 길게 내뱉는
고실고실 해풍에 완두콩처럼 고시라진
흑산도 할머니,
일행은 아무 말이 없고
'그저 그러려니 하면 되능 겨……'
방파제를 때리는 파도 소리만 철썩이고 있었다

■ **김용화** _ 1993년 《시와시학》 등단. 시집으로 〈아버지는 힘이 세다〉 〈감꽃 피는 마을〉 〈첫눈 내리는 날에 쓰는 편지〉 〈비 내리는 소래포구에서〉 〈루루를 위한 세레나데〉가 있음. 시와시학 동인상 수상.

혀 | 박명숙

1
유황불이 기르는
비밀스러운 혀들이

비 오고 바람 불면
시시각각 갈라지리

갈라져
물꼬를 타고
삼천대계 배신하리

2
내 혀를 쫄쫄 굶겨
말의 허기를 익히리

말이 차린 식탁을
과객처럼 견디리

하루치
독을 빼내며
가난한 혀를 맞으리

■ **박명숙** _ 1993년 중앙일보 신춘문예 시조 당선. 1999년 문화일보 신춘문예 시 당선. 시집으로
《은빛 소나기》《어머니와 어머니가》 있음. 현재 **《시와소금》** 편집위원

당신의 혀 | 송유미

　사람들은 억울하면 혀를 깨물고 죽을 거라 하지요. 불가에서는 거짓말을 많이 한 사람은 죽어서 혓바닥이 삼천장이나 길어진다지요. 하얀 가운 입은 우리 동네 의사는 메르스 걸린 것 같다니, 혓바닥을 넥타이 길이만큼 내밀어보라네요. 골이 깊이 패고 바늘이 돋아 밥맛이 모래 씹는 것 같은 내 혀는, 달릴수록 혀를 길게 내미는 갈증 난 길바닥 같아요. 돌돌 안으로 깊이 말려들어가서 죽은 듯 웅크렸다가도 추운 밤이면 살살 자궁 속에 들어가서 꺼져가는 꿈의 불씨를 핥아요. 그러다가도 녹슨 수도꼭지에 기어들어가서 날름날름 혀를 깨물며 매운 눈물을 짜요. 치매 걸린 노모는 이게 다 혓바닥을 잘못 놀려서라고, 네 년의 혓바닥을 압핀으로 꽂아두고 파리 떼 잡아먹는 끈끈이로 쓰자네요. 알고 보면 세치 혀끝에서 산이 옮겨지고 강이 슬프게 메워져요. 오늘은 지친 당신의 입안의 혀가 되어 참 싱싱했던 첫사랑의 혓바닥을 핥아요. 참 알 수 없는 일은 내가 당신의 혀가 되어 사는 동안, 못 구멍이 많아졌네요. 셀 수도 없이 받아 삼킨 태양의 혓바닥이 점점 식어 가네요.

■ **송유미** _ 1993년 부산일보 신춘문예(시조)와 2002년 경향신문 신춘문예(시) 등단. 시집 〈검은 옥수수밭의 동화〉 외 다수.

주걱 | 이정록

주걱은
생을 마친 나무의 혀다
나무라면, 나도
주걱으로 마무리되고 싶다
나를 패서 나로 지은
그 뼈저린 밥솥에 온몸을 묻고
눈물 흘려보는 것. 참회도
필생의 바람이 될 수 있는 것이다
뜨건 밥풀에 혀가 데어서
하얗게 살갗이 벗겨진 밥주걱으로
늘씬 얻어맞고 싶은 새벽,
지상 최고의 선자善者에다
세 치 혀를 댄다. 참회도
밥처럼 식어 딱딱해지거나
쉬어버리기도 하는 것임을
순백의 나무 한 그루가
내 혓바닥 위에
잔뿌리를 들이민다

■ **이정록** _ 1993년 동아일보 신춘문예 등단. 시집으로 〈의자〉 〈정말〉 〈어머니학교〉 〈아버지학교〉 등. 산문집으로 〈시인의 서랍〉이 있음. 김수영문학상, 김달진문학상, 윤동주문학대상 수상.

화간을 꿈꾸다 | 정숙

길다
길어도 너무 길다
혀끝을 깊숙이 밀어 넣어 꿀을 빨아먹기 위해서 인가
꽃 대궁이 속 타액은 원래 나비의 것인데
달은
꽃을 탐하여
그렇게 혀를 길게 내밀고 있는 것이다
그 달콤한 순간을 기다리는 달맞이는
밤마다 제 몸을 열어 서로 연민의 깊이를 잰다
이제껏 보름달과 꽃의 표정이 좀 수상하다 했더니
그런 부적절한 관계였나
그 까닭으로 달뜨는 밤이면 많은 이들이 가슴 설레고
늑대울음을 우는 것이었구나!
내 시의 혓바닥은
여직 생각이 무디고 짧아서 맛을 음미할 줄 모른다
상처만 주지 내통이 잘되지 않는다
이 외사랑, 아득하여라

■ **정숙** _ 1993년 《시와시학》 등단. 시집으로 《신처용가》 《위기의 꽃》 《바람 다비제》 등.

허로 쓰는 모래문자 ｜ 정영숙

석양을 담은 바다가 모히토 술잔 속에 잠기는 말레콘 해변
막걸리 잔 속에 넘치던 외할머니의 꺼억대는 울음소리 듣는다

머리 속 뇌관을 타고 끓어오르는, 분단으로 얼룩진 홍화빛 언어는
혁명의 피를 뿌리던, 이 땅의 붉은 언어와 닮았다

음조까지 유사한, 짙은 그림자를 매단 붉은 말, 혈관 속에서
게르니카*의 말처럼 포화의 연기를 내뿜으며 울부짖는다

어디서든 스스로 일어서야 하는 숙명의 말들

차가운 바닷물에 '전쟁'이라는 끔찍한 어원을 버리자
입 안에 갇힌 말은 서서히 고삐를 풀고 물보라를 일으킨다

석양을 담은 카리브해를 마시는 해변
불타는 혀 끝으로 홍화빛 슬픈 영혼을

누구도 기억하지 못할 모래 문자를 적는다

■ **정영숙** _ 1993년 시집 〈숲은 그대를 부르리〉 로 등단. 시집으로 〈황금 서랍 읽는 법〉 〈하늘새〉
〈옹딘느의 집〉 〈물속의 사원〉 〈지상의 한 잎 사랑〉 등 6권.

우수雨水 | 송영희

빗줄기들이 물방울들을 몽실몽실 쏟아 놓았다
마당가 어린 풀잎들이 먼저
쭉쭉 혓바닥 말아 올린다
젖 먹는 힘 뿌리까지 뻗치며 입술 촉촉해진다
내 어린 것이 내 몸에 처음 댄 촉감도 바로
저 혓바닥이었지
아가야 조금 천천히 천천히
빗줄기 더 요란해지고 탱탱해지는 젖망울
마당은 순식간에 비릿한 젖 냄새로 흥건해 진다

숨찬 혓바닥 잠시 풀어질 때
연둣빛 땀 닦으며 빗방울들도 그 옆에
가만히 몸을 뉘인다

물컹 대지에 구름 혓바닥 닿는다

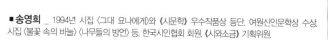
■ **송영희** _ 1994년 시집 《그대 요나에게》와 《시문학》 우수작품상 등단. 여원신인문학상 수상.
시집 《불꽃 속의 바늘》 《나무들의 방언》 등. 한국시인협회 회원. 《시와소금》 기획위원

동그라미 | 이대흠

어머니는 말을 둥글게 하는 버릇이 있다

오느냐 가느냐라는 말이 어머니의 입을 거치면 웅가 강가가 되고 자느냐 사느냐라는 말은 장가 상가가 된다 나무의 잎도 그저 푸른 것만은 아니어서 밤낭구 잎은 푸르딩딩해지고 밭에서 일하는 사람을 보면 일항가 댕가 하기에 장가가는가라는 말은 장가 강가가 되고 애기 낳는가라는 말은 아 낭가가 된다

강가 낭가 당가 랑가 망가가 수시로 사용되는 어머니의 말에는
한사코 ㅇ이 다른 것들을 떠받들고 있다

남한테 해코지 한 번 안 하고 살았다는 어머니
일생을 흙 속에서 산,

무장 허리가 굽어져 한쪽만 뚫린 동그라미 꼴이 된 몸으로
어머니는 아직도 당신이 가진 것을 퍼주신다
머리가 땅에 닿아 둥글어질 때까지
C자의 열린 구멍에서는 살리는 것들이 쏟아질 것이다

우리들의 받침인 어머니
어머니는 한사코
오손도순 살어라이 당부를 한다
어머니는 모든 것을 둥글게 하는 버릇이 있다

■ **이대흠** _ 1994년 《창작과비평》으로 등단. 시집으로 《눈물 속에는 고래가 산다》 《귀가 서럽다》 《물속의 불》 《상처가 나를 살린다》 등. 육사문학상, 젊은시인상, 애지문학상 등 수상.

고백 | 김길나

나를 키운 힘은 어둠입니다

어둠을 흰빛으로 못 박은 보석들은 나를 보육한 요람입니다
닫힌 문 안에 갇혀 있는 시간에도 닫힘이 갇힘만은 아닌 탓에
샘솟는 옹달 샘물에 나는 촉촉이 젖어 들고 있습니다
또 닫힘은 비밀스런 흐름이기도 해서 내 붉음과 꽃의 붉음이
기적 없이 오가는 유속으로 내 열정이 날로 붉어집니다
나는 오늘도 입술이 열리는 순간을 기다리고 있습니다
간절히 오색 맛을 불러들이는 식食의 신인 나는
고뇌의 쓴맛이나 시디신 애환을 옹달 샘물에 담구고 풀어내
서정시어로 옮겨 노래 부를 수도 있습니다

나는 내게로 들어오는 당신 혀를 사랑하고
밥을 사랑하고 내게서 나가는 말을 사랑합니다
노래를 사랑합니다
들고나는 문이 수없이 여닫히는 동안,
똬리를 튼 회오리의 날들이 끼어들어
물을 밀어낸 불의 혀에 헛바늘이 돋기도 합니다
들어오고 나가는 밥과 말이 자꾸 성을 내므로
아픈 에로스가 맛을 잃어 낡아져갑니다

목구멍 너머로 넘어가는 일몰의 바람에 주름 골이
쓸쓸이 깊어진다는 말, 목구멍에서 울컥 울음처럼 솟는
그믐달을 머금고는 차마 당신에게 전하지 못하는 날이 와서
불치의 목마름이 벌써 깊어져 버렸습니다

■ **김길나** _ 1995년 시집 〈새벽날개〉로 등단. 《문학과사회》에 시를 발표하면서 작품 활동 시작.
시집으로 〈빠지지 않는 반지〉〈둥근 밀떡에서 뜨는 해〉〈홀소리 여행〉〈일탈의 순간〉 등

곡선의 말들 | 김선태

자동차를 타고 달리다 보면 무심코 지나치는
걸어가다, 돌아가다, 비켜서다, 쉬다 같은 동사들…
느리다, 게으르다, 넉넉하다, 한적하다, 유장하다 같은
형용사들…
시골길, 자전거, 논두렁, 분교, 간이역, 산자락, 실개천 같은
명사들…
직선의 길가에 버려진
곡선의 말들

■ **김선태** _ 1996년 《현대문학》 등단. 시집으로 《간이역》 《동백숲에 길을 묻다》 등이 있음. 현재, 목포대학교 국어문학과 교수

한 장의 잎 | 김찬옥

입 속에
말 벌레를 키웠나 보다

단 한 장뿐인 잎에
벌레가 낀 것도 몰랐나 보다

입 속의
병든 잎이 지나 보다

벌레 먹은
검은 말도 따라 져야하나 보다

단
한 장
뿐인, 잎이

벌레 먹은 잎이

벌레에게 잡혀먹은 말이

피를 보며 억지로 져야하나 보다

■ **김찬옥** _ 1996년 《현대시학》으로 작품 활동시작. 시집으로 《물의 지붕》 등

갈매기의 혀 ㅣ 류외향

사는 일이 지리멸렬하여
세상과의 내통에 짐짓 백기를 들고 싶어질 때면
부산에 가 볼 일이다
새우깡 한 봉지 사들고
오륙도 돌아가는 유람선을 타 볼 일이다

숨가쁜 포말을 쏟아내며 유람선이 내달릴 때면
부산 앞바다는 거대한 방목장이 된다
하늘로 길을 내던 시절은 가고 없어
바다 속 물고기 사냥을 나서던 기억은 가고 없어
공중에 내걸린 그물 안에서 서로의 부리를 쪼는
청명한 겨울 아침,
깃털 속까지 화석처럼 들여다보이는 이 아침,
갈매기의 목숨이
오륙도의 1번 섬과 2번 섬처럼
이어졌다 끊어졌다 한다

사는 일이 지리멸렬하여
시든 이파리 떼어내듯 꿈을 들어내고 싶어질 때면
오륙도 앞바다의 칼바람 속에서
갈매기의 혀를 들여다볼 일이다
빳빳하게 굳어가는 혀 속에 박힌
짜디짠 슬픔을 들여다볼 일이다

■ **류외향** _ 1996년 매일신문 신춘문예 등단. 시집으로 〈꿈꾸는 자는 유죄다〉〈푸른 손들의 꽃밭〉
등이 있음.

혀여, 침을 뱉어라* | 박남희

한 시대를 치열하게 살다 간 시인의
달나라의 장난을 읽다가
무심코 긴 혀로 사랑이나 사탕을 발음하면
입속에 침이 고인다

바람처럼 고이는 침은 뱉거나 삼키는 것
그러다 문득 상처의 뿌리를 생각해보는 것

혀가 감추고 있는 것이 사탕이라고 생각하면
침샘마다 달콤한 시간이 고이고
낯선 길라잡이 같은 혀의 뿌리를 생각하게 되는
이 유정한 봄날,

침 속에는 누구에게도 말할 수 없는 비밀이 너무 많아
마냥 혀의 취향에만 맡겨놓을 수 없는
저 봄꽃들의 색을 어쩔 것인가

한 때 꽃들은 혀가 지친 곳에서 피는 것
길 잃은 혀의 주인을 찾아
계곡과 능선이 숨겨놓은 이야기를
색으로 선뜻 드러내 보여주는 것

혀에 초록이 흥건히 고이는 화창한 봄날

벌들이 꽃을 찾아오는 것이
색 속에 숨겨져 있는 침 때문이라는 걸
저 산자락은 알까

입술이 감추고 있는 혀 속에
혓바늘이 돋아 자꾸만 아프게 꽃이 피어나는
병명을 알 수 없는 이 봄날을

온 몸으로 온 몸으로 밀고나가라, 혀여

* 김수영은 그의 산문 「시여, 침을 뱉어라」에서 "시는 온몸으로, 바로 온몸으로
밀고 나가는 것이다"라고 하여, 온몸의 시학을 설파한 바 있다.

■ 박남희 _ 1996년 경인일보, 1997년 서울신문 신춘문예 등단. 시집으로 〈폐차장 근처〉 등.
평론집으로 〈존재와 거울의 시학〉이 있음. 현재 고려대, 추계예대 등 출강.

풀의 침묵 | 박해림

짧은 말과 긴 말의 간격을 잊어버려서
혀가 자주 엉킨 적이 있다

말이 엉키면서 혀가 사라졌다는 말
모가지가 잘린 말이 혓바닥을 뒹굴었다는 말
어딘가에 숨어서 칼끝을 갈았다는 말

말과 혀 사이 긴장을 잘게 펴서
다듬이 방망이로 자근자근 두드리지 않으면
아무 죄 없는 풀들을 마구 벤다는 말

그래서 풀들은 자주 침묵하는 것이다
바람에 혀를 숨기는 것이다

■ **박해림** _ 1996년 《시와시학》 등단. 시집 《바닥경전》 《그대, 빈집이었으면 좋겠네》 등.
지용신인문학상, 수주문학상 등 수상. 현재 《시와소금》 편집위원.

아귀다툼한 날 | 백혜자

거친 말 몇 마디 주고받다가
불같은 화 삭히려고 소나무 숲에 들면
보이지 않는 나뭇가지에 앉은 새들이
미친 거, 미친 거하며 나를 놀려댄다

너희, 누굴 보고 미친 거라 하니!
새소리 나는 쪽을 올려다보면
푸른 솔잎 사이로 쏟아지는 하늘이
왜 그리 내 마음을 콕콕 찔러대는지…

순간 아귀다툼한 내 자신이 부끄러워
진달래 능선에 문둥이처럼 숨어보지만
여전히 새들은 미친 거, 미친 거 하며
내 뒤를 졸졸 따라다닌다

■ **백혜자** _ 1996년 《문학세계》 등단. 시집으로 〈초록빛 해탈〉〈나는 이 순간의 내가 좋다〉 등.
현재 삼악시동인회 회장.

펄럭이는 혀 ㅣ 신미균

그가, 느닷없이
사랑하기 때문이라면서
바늘이 돋아 난 혀로 내 머리를 찔러 댄다.
피할 도리가 없어 피를 흘린다.
다이아몬드로 코팅된 혀로는
나의 심장을
얇게 얇게 채 썰어 놓고
지글지글 끓는 혀로는
시도 때도 없이 나의 숨통을
옆구리를 손가락을 지져댄다

내가 죽은 듯 움직이지 않으면
화끈하게 사랑한다는 혀가
나의 입술과 눈 사이를
자근자근 다지기 시작한다.
젤리 같이 말랑말랑한 혀로
나를 핥아대면서

그러다 심심해지면
어느새, 창문 밖으로 펄럭펄럭
날아가 버리는

그의 혀도 어쩔 수 없이 펄럭이는 외로운
섬인가보다.

■ **신미균** _ 1996년 《현대시》 등단. 시집으로 〈맨홀과 토마토케첩〉 〈웃는 나무〉 〈웃기는 짬뽕〉이 있음.

영어圄圂의 혀 | 이근구

몸 낮춰 낮은 자리, 하는 일 하도 많다
만능의 마술의 손 끼니마다 저작연하咀嚼嚥下*
그 손에 도끼 들었다 길흉화복 원천이다

세치 혀 하늘을 날며 세상도 뒤집지만
네모 안 갇혀 살며 이웃집도 갈 줄 알고
됨됨이 조정자라네 감성의 조리살세

취하면 꼬부라져 부도덕 저질러도
소금과 혀의 혼불 손잡을 수 있다면
화평의 고운 세상을 만들 수도 있겠다

* 저작연하咀嚼嚥下 : 잘 갈고 부수어 목 아래로 넘김.

■이근구 _ 1996년 《시조와 비평》 등단. 시조집 〈들꽃 동행〉 외 다수. 세종문화예술상 시조 대상 등 수상.

검은 바다의 혀 | 강기원

우리에겐 혀 밖에 없어요
말 할 수 없는 혀만 남았어요
이가 사라진 뒤에도 혀는 살아남았죠
누설할 수 없는 비밀의 혀

이곳은 바람이 없는 곳 그러나
노란 리본처럼 흔들리는 말미잘의 갈기
이곳은 해도 달도 없는 곳 그러나
부유하는 독성의 해월海月

우리는 피어나지 않을 물속의 백합
지지 않는 검은 사월의 꽃들입니다

다문 입 속으로도 상처가 나요
상한 짐승처럼 뜨겁고 짠 혀로 헌 데 핥다 보면
여린 살점도 단단해지고 영롱해질까요

흘러버린 비밀은 곧 썩은 내를 풍기죠
향기가 악취로 변하는 건 순식간의 일
추문의 속도만큼

따스했던 삼각주의 기억일랑
모래빛깔 각피로 굳어가는 채

수장된 수많은 혀들
생혼화석이 되어가는 혀들

결사적인 비밀로
바다는, 바다의 입술은
터뜨리지 못한 울음 입에 문 채
오늘도 시퍼렇게 질려있어요
신도들 사라진 대성당처럼

■ **강기원** _ 1997년 《작가세계》 등단. 시집 〈고양이 힘줄로 만든 하프〉 〈바다로 가득 찬 책〉 〈은하가 은하를 관통하는 밤〉이 있음. 김수영문학상 수상.

사족 | 권준호

말이 뱀처럼 무섭다
집 나간 내 말이 독이 올라
돌아와 나를 물기도 했다

입 꾹 다물고 극장 가고
입 꾹 다물고 산에 가고
입 꾹 다물고 낚시를 했다

오늘은 하릴없이
내 몫의 말을 해야 했다
이제 혼자 영화 보러 가면 되는데
입 안에 거미가 자꾸 혀를 간질인다
입 청소한 김에
말 찌꺼기 남기지 말라 한다

뱀에게 다리도 만들어준다는
말 같지 않은 말일 수 있지만
늘 말 끝에 제일 하고 싶은 말

혀가 아프다, 같은 이런 말
결국 결론인 말
혀가 아프다

■ **권준호** _ 1997년 《예술세계》 등단. 시집으로 〈고로쇠노동조합〉 〈금봉어꽃〉이 있음. 춘천문학상
수상. 현재 김유정문학촌 사무국장

혀 | 김환생

혀는 입으로 들어 온 온갖 음식을 고루 섞어 어금니로 옮긴다. 달고 쓰고 더러는 시고 짠 것들 모두 한데 섞어 침과 함께 이로 보내어 깨물어 부수게 한다. 어느 날은 생선 가시에 찔려 붉은 피 흘리는 그런 때에도 혀는 제 역할에 순종하여 잘 씹힌 음식물들을 절묘한 순서를 따라 목구멍으로 넘기게 한다. 끼니때마다 이렇게 하여 생명이 유지된다.

우리들이 매일 먹는 음식물에는 단맛, 쓴맛 어느 맛이 더 많은지? 단맛은 혀끝에서 쓴맛은 혀뿌리에서 항상 이처럼 서로 다른 위치에서 서로 다르게 느끼지만 한평생 지내고 보니 단맛이 지나치면 쓴맛이 되고 쓴맛도 건디다보니 어허! 단맛 못지않습디다.

맛으로 치면 우리들 먹는 것들이 단맛 쓴맛뿐이겠어요. 달고 쓰고 시고 짠 허다한 맛들, 맛이야 아무튼지 혀가 없이는 어찌 그 맛을 느끼겠어요. 떫고 매운 느낌까지…

예쁘게 보면 잡초도 꽃이 되고 사랑이 깊으면 못 덮을 허물이 없다는데 세 치 밖에 안 되는 작은 혀, 그 혀가 꼬이고 감겨 무심코 내뱉은 소리에 한 몸 부부조차 평생 원수가 되나니 참새가 떠들 듯 다툼에 끼어들어 서로에게 아픔을 주는 그런 혀가 되지는 말 일이다.

부드러운 혀는 사랑한다 말하는 입술과 함께 오래오래 보존되나 거짓된 혀는 제 한 말로 스스로 더렵혀져 유연함을 잃고 굳어져 그대로 화석이 될 것이니 영원히 썩지 못하는 화석이 될 것이니……

■ **김환생** _ 1997년 《순수문학》 등단. 동인시집 〈그날이 올 때까지〉 〈그리운 것은 늘 멀리 있었다〉 등이 있음. 전주기전여고 교장 역임. 현재 석정문학관 사무국장.

혀 | 박복영

홍어 한 마리 살았다
스스로 만들어 낸 물살을 거슬러
어찌할 수 없는 물 밖에 집착했다
때로는 동굴에 고스란히 누워
몸 안에 출렁이는 비린내를 되새겼다
가뭇없이 부서지는 파도처럼
꾸들꾸들 말라가는 갈증은 톡, 쏘는 몸 향 이었다
결코, 귀향을 꿈꾸지 않는 그러나
산다는 것은 세상을 향하여 몸 향을 쏘아대는 일
터질 듯 아름다운 불빛을 몸 안에 켤 수는 없을까
비린내를 지우려
말라가는 갈증으로 곰곰한데
자꾸만 생각은 바위에 부딪쳐 부서졌다
홍어는 알전구의 끊어진 필라멘트다

■ **박복영** _ 1997년 《월간문학》 등단. 2015년 전북일보 신춘문예 당선. 시집으로 《낙타와 밥그릇》
외. 천강문학상 수상.

헛바늘 | 정이랑

바늘이 들어 있다는 사실을 잊었다
막무가내 살아왔던 말들 성게처럼 돋아나는 밤
무엇이 끓어올라 어둠을 서성이게 하는 것일까
이것저것 뒤척여 보면서 물 한 모금 마셔본들
내 안의 나에게는 가지 못한다

아파서 생각이 나는 것인지
생각이 나서 내가 아픈 것인지
한 동안 이곳에서 앓고 있는 중
그 때, 나는 아무것도 할 수가 없다

따끔거리는 시간을 건너와
서서 바라보는 별들 속에
나의 이름을 구겨 넣고
밤처럼 젖어 들어간다

■ **정이랑** _ 1997년 《문학사상》 등단. 시집으로 《떡갈나무 잎들이 길을 흔들고》 《버스정류소 앉아 기다리고 있는》이 있음. 1998년 대산문화재단 문학인 창작지원금 수혜.

혀의 권력 | 김관식

사랑은 혀끝에서 오고 혀끝으로 갑니다

혀끝으로 내뱉은 사랑한다는 그 말 한마디가
당신의 평생을 가두는 사슬이 됩니다

혀는 당신과 나를 연결하는 고리입니다

세치 짧은 혀가 가족을 움직이고
이웃을 움직이고 나라를 움직이고 세상을 움직입니다
혀는 생명입니다

혀로 잘 못 뱉은 말
타인의 상처가 되고 무덤이 됩니다

혀는 막강한 권력이요 비굴한 아첨입니다

힘 있는 자의 혀는 권력이 되고
힘없는 자의 혀는 굴종이 됩니다

혀의 자유가 없는 세상은 지옥입니다

혀가 멈추는 날
캄캄한 어둠이 오고 세상도 멈춥니다

■ **김관식** _ 1998년 《자유문학》 등단. 시집으로 〈가루의 힘〉과 동시집으로 〈토끼 발자국〉〈꿀벌〉
〈꽃처럼 산다면〉〈햇살로 크는 바다〉〈아침이슬83〉 등 11권. 최남선문학상, 노산문학상 수상.

연장론 | 김나영

다 꺼내봤자 세치 밖에 안 되는 것으로
아이 눈에 박힌 티끌 핥아내고
한 남자의 무릎 내 앞에 꿇게 만들고
마음 떠난 애인의 뒤통수에 직사포가 되어 박히던,
이렇게 탄력적인 연장이 또 있던가
어느 강의실, 이것 내두른 댓가로 오만 원 받아들고 나오면서
궁한 내 삶 먹여 살리는
이 연장의 탄성에 쩝! 입맛을 다신다
맛이란 맛은 다 찍어 올리고
이것 이리저리 휘둘러대는 덕분에 내 몸 거둬 먹고 살고 있다면
이처럼 믿을만한 연장도 없다
궁지에 몰릴 때 이 연장의 뿌리부터 舌舌舌 오그라들고
세상 살맛 잃을 때 이 연장 바닥이 까끌까끌해지고
병에서 회복될 때 가장 먼저 이 끝으로 신호가 오는
예민한 이 연장, 함부로 사용하지 말라고
사마천은 이것 함부로 놀려서 궁형의 치욕을
한비자는 민첩하게 사용 못한 죄로 사약 받고 죽었다는데
잘못 사용하면 남이 아니라 내게 먼저
화근이 되는
가장 비싸면서 가장 싼
천년만년 녹슬지 않는
붉은 근육질의 저!

■ **김나영** _ 1998년 《예술세계》 등단. 시집으로 〈왼손의 쓸모〉 〈수작〉이 있음. 한국문화예술위원회
창작지원금 수혜. 현재, 한양대학교 출강.

복화술사에게 | 김종태

　봄 햇살을 빌려 가을 석양을 더 아롱지게 할 수 있을까요 그는 저녁과 아침을 넘나드는 사람, 그가 나르시스의 목소리로 슬퍼할지라도 그는 나르시스가 아닙니다 그가 예레미야의 목소리로 예언할지라도 그는 예레미야가 아닙니다 시력을 줄여 청력을 키울 수 있을까요 미각을 감춰 촉각을 버릴 수 있을까요 바람이 불면 마음을 닫아도 세상의 숨은 감각들이 되살아옵니다 그리하여 별빛을 향한 모든 짐승의 목소리는 근원적으로 슬픔의 테두리에 갇혀 있습니다 그 경계를 벗어나고자 몸부림할 때가 낯익은 비극의 발단입니다 우리는 오늘 소리 없이 노래해야 합니다 그 음역의 높낮이가 어딘지 몰라도, 우리는 내일 길 없는 순례를 떠나야 합니다 그 깨달음의 시간이 언제인지 몰라도

■ **김종태** _ 1998년 《현대시학》 등단. 시집으로 〈떠나온 것들의 밤길〉 〈오각의 방〉 등이 있음. 현재 호서대학교 교수로 재직 중.

연옥과 극락 사이에서 | 류영환

숙취宿醉에 어두일미魚頭一味라 했던가
대구지리 한 냄비 시켜놓고 보니

몸통 잘라낸 대강이 한 토막, 곤이와 알
미나리와 몸 섞으며 펄펄 끓는 열탕 속에서

희디흰 눈 부릅뜨고, 필사적으로
저승 화염불을 잘 견디고 있구나

앗, 대구의 연옥煉獄이 나의 밥그릇이라니!
이게 내 목구멍 화엄세상이라니, 혀를 찬다

죽음 이후 연옥은 정죄의 패러독스 아닌가

■ **류영환** _ 1998년 《주변인과시》로 작품 활동. 2009년 《시와시학》 등단. 시집으로 《빛과 생명》
《시라는 칸타빌레》 《별똥변 연가》 《물방울 성자》 《그 먼 곳》 《산정수훈》이 있음. 기독시문학상 수상.
육당 최남선문학상 본상 수상.

내 혀가 갇혔다 | 우은숙

밤마다 심장 소리 가만가만 걸어나와
들판에 나부끼는 망초꽃에 잠든다
잘려진 단어를 들고 와 저울에 올린다

내뱉고 싶었던 말들과 입술 사이
혀를 가둔 동쪽 끝이 핏빛으로 물든다
파리한 새벽을 흔들어 양손에 새긴다

언어의 목덜미에 토해 낸 상처들이
뭉개진 입술 사이로 큰 죄를 짓는 순간
사랑은 그래도 남아 따스한 온기 품는다

■ **우은숙** _ 1998년 동아일보 신춘문예 등단. 시집으로 〈마른꽃〉 〈물무늬를 읽다〉 〈소리가
멈춰서다〉가 있음. 중앙일보시조대상 신인상 수상

무슨 일이 있었던 거지 ㅣ송 진

병뚜껑을 여니 수천 개의 혀가 머리카락처럼 엉켜있다
노래를 부를 때마다 잘린 혀들
풀을 밟을 때마다 잘린 혀들
집안의 개들이 원하는 것이 무엇인지 알아
달콤한 말과 바삭거리는 스낵들
귀 안에 바람을 후-불어넣어주는 것도 잊어서는 안 되지
로맨틱하게
커피를 들고 변기에 앉는 습관
혀가 잘릴지도 몰라
이미 천개의 혀가 잘리고 천개의 혀가 자랐지만
아직 아픔을 몰라
통증은 통증을 부르고
언제쯤 멈출지도 모르지만
곧 음악이 들려올 거야
첼로가 연주되고 비올라가 연주되겠지
관중들은 혀의 장례식을 위해
잠시 무릎을 꿇고 애도하겠지
집안의 개도 우으으응 슬픔의 눈물을 흘리겠지
잠시 말이야
오늘은 차고를 열지 마
방금 민방위 훈련이 시작되었거든
개들이 이 끓듯이 집 안으로 들이닥칠 거야
혀들의 아픔은 보호 받지 못하고
혀들이 허공에 뿌려지는 오후의 모호한 사이렌 소리

■송 진 _ 1999년 《다층》 등단. 시집으로 〈지옥에 다녀오다〉 〈나만 몰랐나봐〉 〈시체 분류법〉이 있음.

■ 2000년~2009년 등단시인

■ 강영은_운주사 꽃부처/ ■ 김은경_불량 젤리/ ■ 류인서_혀/ ■ 신충화_아이스크림 미션/ ■ 이순주_혀들의 시간/ ■ 이아영_혀/ ■ 조성림_혀/ ■ 강윤순_혀/ ■ 고영민_네 입속에 혀를 밀어 넣듯/ ■ 권혁수_미납된 봄/ ■ 김미정_혀/ ■ 김재엽_못질/ ■ 안명옥_혀/ ■ 안차애_초록 혀/ ■ 이봉하_불과 물의 씨앗/ ■ 조문경_밀림의 혀/ ■ 진란_수작, 그 혀 혹은 주둥이들/ ■ 최광임_말/ ■ 박미림_아직도 멀다/ ■ 박수현_떠다니는 입술들/ ■ 송경애_꽃잎 말/ ■ 유현숙_공지사항/ ■ 장혜승_국지도 78/ ■ 정하해_사람을/ ■ 조금숙_말의 행적/ ■ 최정란_옥수수/ ■ 한기옥_혀/ ■ 박소원_검은 혀/ ■ 임현태_혀/ ■ 정영자_혀를 말려놓은 가래열매/ ■ 최성아_혀, 베일 벗기다/ ■ 강수니_혀의 힘/ ■ 김경선_혀/ ■ 박일만_모서리가 커브를/ ■ 유용선_혀 짧은 그리움 아니, 그, 디, 움/ ■ 이재연_입 속의 혀/ ■ 이태순_따뜻한 혀 · 2/ ■ 정경해_혀의 뿌리/ ■ 정재분_자술서/ ■ 최재영_붉은 혀/ ■ 황명강_물의 혀/ ■ 김정원_종북이라는 말/ ■ 김지유_쉿, 당신 혀를 잘라/ ■ 박미산_태양의 혀/ ■ 서정임_혀/ ■ 이국남_무궁화 스타디움/ ■ 이성웅_혀/ ■ 권영희_나는 나의 비수다/ ■ 정연희_돌돌 말린 혀들/ ■ 남연우_동굴인간/ ■ 이남순_회자/ ■ 장상관_말을 표구하다/ ■ 최형심_혀/ ■ 김연미_바다의 혓바닥/ ■ 김택희_혓바늘/ ■ 김향미_7월/ ■ 서주영_넌/ ■ 한경용_초콜릿하우스/ ■ 한성희_구름의 혀

운주사 꽃부처 | 강영은

바람이 목탁 두들기는 경내, 수국 꽃향기가 짙다

스님은 보이지 않고
돌이 된 부처들, 반쯤 잘린 몸뚱이는 물속에 버려둔 채
찰박찰박 물소리 내며 걸어간다

요사채로 내몰린 돌부처 한 분
입 속에 가시 꽃 한 송이 피워낸다

'말해야 할 때 말하고 말해서는 안 될 때 말하지 말라
말해야 할 때 침묵해도 안 되고
말해서는 안 될 때 말해서도 안 된다
입아, 입아 그렇게만 하여라'

내 입을 찌르는 구잠 한 구절 꽃잎 속에서 흘러나온다

돌아보니 엉겅퀴꽃 부처였다
돌 속으로 들어간 말씀이 향기를 내뿜기까지

긴 하루, 천년이 흘렀다.

■ **강영은** _ 2000년 《미네르바》 등단. 시집으로 〈나는 구름에 걸려 넘어진 적이 있다〉 〈녹색 비단
구렁이〉 〈최초의 그늘〉 〈풀등, 바다의 등〉 〈마고의 항아리〉가 있음.

불량 젤리 | 김은경

솔직히 말할까 익살꾼의 농담보다
담배 연기 한 줌
날 깔깔 웃게 만든다고

내 침대 밑에는 도루코 칼
말라비틀어진 중국산 담배
빨강 초록 불량 젤리 덩어리들

놀다 지칠 땐
젖은 걸레로 악취나 닦아보자
어디서 왔는지 모를 냄새를 빼내기 위해

봄이 와도
베란다엔
알 수 없는 것들 넘쳐나고

말해볼까,
너의 배꼽보다 피어싱을 더 좋아해
네 말보다
자꾸 깨물어버리는 혀를 더 확신한다는 거

볼록한
젤리를 씹으면서
씨익 웃는다는 거

■ **김은경** _ 경북 고령 출생 2000년 《실천문학》 신인상 등단

혀 | 류인서

회전목마 붉은 말떼를 몰고 달려가는, 맨홀덮개보다 넓은 회전판을 당신 혓바닥이라고 하겠습니다

편자도 없는 발굽으로 허공을 긁으며 달아나는 말, 말을 쫓아 달려가는 이 혓바닥은 별들이 태어나는 우주의 은하원반과는 달라서

구유 같은 내 입 속에서는 아직 어떤 별도 태어난 적이 없습니다

당신은 소용돌이치는 은하, 갈기털을 뻗쳐 혓바닥안장 위로 가볍게 나를 안아 올립니다

이곳은 복숭아밭이 있던 자리

桃園에서 中原까지 우리 주마간산 주유사방 말 달려도 좋겠습니다

덮개 아래 허구렁처럼 나는 혀 아래 블랙홀을 숨겼습니다

바람으로 재갈 물린 목마처럼 나는 소리 없이 울 수 있습니다

밤의 공원에는 밤 없이 기다리는 열두 마리의, 아니 열 마리의 적토마

한 말은 도망갔고 한 말은 아직 오지 않았습니다

■ **류인서** _ 2001년 《시와시학》 등단. 시집으로 〈그는 늘 왼쪽에 앉는다〉 〈여우〉 〈신호대기〉가 있음. 청마문학상 신인상, 육사문학상 젊은시인상, 지리산문학상 수상.

아이스크림 미션 | 신충화

영하의 냉기에 갇혀 있어도
굳어버리지 못하는, 타고난 애교는
36.5도에서도 딱딱해지는 입안을
살살 녹이는데……

무슨 말을 더하랴
걸핏하면 분으로 얼어붙는
한 치 혀
그 얼얼한 부드러움에 감전되어

■ **신충화** _ 2001년 《문학세계》, 《창조문예》 시 등단. 시집으로 〈反하다~사람의 사랑〉과 수상집 〈팔자 위에 십자가 있다〉가 있음. 크리스천문학가협회 회원. 창문 동인.

혀들의 시간 | 이순주

사랑하는 당신, 당신께 말하고 싶어요*
요즈음 우리는 버지니아울프를 읽으며
찻집에서 새롭게 태어나요
창 밖을 보면 귀가 잘린 토끼구름, 그 아래 은행나무들은
줄지어 어디로 가고 있나요
맥문동이 그려놓은 보라색 군락을 지나며 챙 넓은 모자를 쓴 여자가
허리가 긴 개를 끌고 걸어가고 있어요
혀를 길게 뺀 오후 3시, 그림자가 뒤뚱뒤뚱 걸어가요
게으른 창문 밖 풍경을 배경으로 우리가 마시는 건
한 모금의 슬픔, 그 장면들이 존재의 문장들이라면
그 문장들 표절하고 싶어요
찻잔을 기울일 때마다 하루가 이울고요
입술무늬 찻잔에 새겨 넣는
달콤한 시간의 죽음,
찻잔 위엔 침묵하는 구름들이 유유히 떠 가고 있어요
꾸벅꾸벅 졸고 있는 양떼구름들 사이,
카톡카톡 숨 넘어가는 소리가 들리는
라떼 한 잔의 시간이에요

* 버지니아울프가 쓴 마지막 편지의 한 구절

■ **이순주** _ 2001년 《미네르바》 등단. 시집으로 〈목련미용실〉이 있음.

혀 | 이아영

뜨락 뒤켠, 뽑으려도 뽑히지 않는
시름시름 앓든 단감나무 그루터기
불현듯 움트는 연두색 새싹처럼

신맛, 쓴맛, 매운맛, 단맛, 짠맛
오미五味의 맛과 멋이란 죄다 내려놓고
세 치 밖에 되지 않는
뭉클한 해삼처럼

북두칠성 동북쪽 자미성紫微星이 된
장가 못 들고 죽은 외아들이
가시 없는 카네이션 한 송이로 돌아왔을까

허구한 날 밤낮없이 허공을 떠돌다
그녀 가슴 한가운데 꽂힌
오월, 붉은 장미꽃 화살이여

■ **이아영** _ 2001년 《자유문학》 등단. 시집으로 〈돌확 속의 지구본〉이 있음

혀 | 조성림

평생을 동굴 속에서
마치 수행자이듯

미각의 첨단에서
관능의 촉수에서
상처의 채찍에서
저 깊은 사랑의 속삭임까지

부드럽고 부드러운
다재다능한 솜씨로,

혹은 불의 언어로
내 안에서 달려가고 있다

■ **조성림** _ 2001년 《문학세계》 등단. 시집으로 《눈보라 속을 걸어가는 악기》 외 다수.

혀 —놀릴 수도 부릴 수도 없는 | 강윤순

말의 그림자다 채찍이다

그때그때 기분에 달린 마춰제다

녹거나 돋우거나 움직임에 따라

값이 매겨지는 바코드다

맛의 전도사 또는 악명 높은

비평가 살리기도 죽이기도 하는

세치, 시한폭탄이다

금이 아닐 바에는 차라리
널빤지 사이 돌기가 나아요
목관악기 떨림 관도 괜찮아요

동굴 안 붉은 박쥐 날개 짓에 따라
구아노가 약이 되기도 변이되기도 하죠

내가 너의 혀가 된다는 것은
내 안에 너를 가득 채워 내는 일이다

■ **강윤순** _ 2002년 《시현실》 등단. 시집으로 〈108가지의 뷔페식사랑〉이 있음.

네 입속에 혀를 밀어 넣듯 | 고영민

그동안 저 가지를 지그시 물고 있던 것은
모과의 입이었을까

네 입속에 혀를 밀어 넣듯
나무는 저 노랗고 둥근 입속에 무엇을 집어넣었을까
부드러운 혀였을까
입김이었을까

가진 것 없이 매달린 내가
너에게 오래오래 가 닿는 길은
축축하고 무른 땅에 떨어져 박히는 것
네 입속에 혀를 밀어 넣듯

거부해도 네 입속에 혀를 밀어 넣듯
다시 혀를 밀어 넣듯

■ **고영민** _ 2002년 《문학사상》 등단. 시집으로 〈악어〉 〈공손한 손〉이 있음.

미납된 봄 | 권혁수

1.
기차를 탔다
하얀 꽃잎이 날아와 차창에 붙는다 헛바닥처럼
—파산
그 말을 처음 말하게 한 여자를 나는 생각한다

2.
30년 전 그 자리에 먼저 도착한 꽃나무는
누구일까?
꽃잎 다 떨어진 후에도 기다리는 사람이

3.
미납청구서는 창문 틈에 끼어있다 구원의 소리를 지르는 혀처럼

사무실 바닥을 꽃잎으로 다 채워도
임대료가 부족한 듯 산딸나무도 **뻗은** 팔을 접지 못한다
바람에 흔들리는 것은 다 제 꽃잎인가 싶어

저녁 늦게까지 발신자 이름 위에
제 그림자를 얹어두고

■ **권혁수** _ 2002년 《미네르바》 시 등단. 강원일보 신춘문예 소설 당선. 시집으로 《빵나무아래》가 있음. 2009년 서울문화재단 젊은예술가지원 선정됨.

혀 ─젖은 것들은 욕망과 내밀하고 | 김미정

밖으로 넘쳐 물컹거리는 문장이다
먼 길 돌아온 너의 끝이 둥글다
처음 보는 해안선이다
축축한 것을 찾아 떠나는 날들
너와 나, 수평선이 어긋나
투명한 감정을 파도 위에 올려 놓고
둥글고 붉은 길이 미끄러진다
당신이 녹아 사라지고
나는 이제 겨우 모래해변에 도착한다
부드럽게 닿는 자리마다
처음 맛보는 바다가 깊어지고
몸 안으로 뜨거운 별들이 몰려온다
수면을 열고 흰 새가 날아가고 있다

■ **김미정** _ 2002년 《현대시》 등단. 2009년 《시와세계》 평론 등단. 시집으로 〈하드와 아이스크림〉이 있음. 시와세계 작품상 수상.

못질 ㅣ 김재엽

옛날에는

욕도 참 '쌔 빠질 놈'이란다

지긋이 웃음 짓다 요즈음 꼬락서니

후다닥
장도리 찾아
못질 한다 단단히

■ **김재엽** _ 2002년 《한국문인》 등단. 시집으로 《전어》가 있음. 저서로 《박용래 시 창작방법 연구》가 있음.

혀 | 안명옥

와인을 마셔라, 시를 마셔라, 순수를 마셔라*
바람을 머금은 비처럼 당신의 혀는 내게 말했지
혀 짧은 발음이 나요

입술을 많이 훔쳤다면 혀가 길어졌을 걸요
하하하, 하하하, 하하하
아는 만큼 벽이라고 생각하던 혀
어눌한 혀는 모처럼 당신을 웃게 만들었지요
다음 생에는 혀가 길어졌으면 좋겠어요

가끔 헛바늘 돋는 혀는 무언가를 가르려 해도
호기심이 긴 편이죠
새로운 것을 탐닉하며 순례하고 싶어해요
어떤 맛에 사로잡히면 헤어 나오지 못하는 탐미주의자처럼

나는 하루에도 백년 씩 퇴화하고 있지만
혀는 진화하고 있어요

단 것을 멀리하고 맵고 쓴 것만 즐기며 살았다는 혀
절망 아닌 것을 절망스럽다고 말한 카프카의 혀
역경을 핥으며 현명해지는 혀
그런 혀는 맛이 없을 테죠

우설牛舌을 한 접시 놓고
착한 소의 글썽이는 커다란 눈망울을 떠올리는 저녁
소는 사람을 만나 세상을 잘 알게 될까요

욕의 맛에 길들여지던
혀는
여전히 혁명을 찾아 헤매다가 문득 카톡을 보내요
뭐해? 네 부드러운 혀가 필요해,

* 보들레르가 한 말

■ **안명옥** _ 2002년 《시와시학》 등단. 시집 《소서노》 《칼》 《나, 진성은 신라의 왕이다》 등.

초록 혀 | 안차애

외로워서 기침이 나올 때마다 씨앗가게로 가서
참새의 혓바닥처럼 동그랗게 말린 몇 움큼의 울음을 산다

사설이 긴 혀를 주세요
바늘이 촘촘해서 바이러스도 널름널름 감아먹는 혀를 주세요
가능하면 상추나 치커리 고추나 아욱
대파나 부추 당귀나 곰취향이 나는
혀를 주세요

몇 알의 마른 혀를 묻어두자 싹이 돋았다
몇 몇 번 바람의 혓바닥이 어미 소처럼 떡잎을 핥고 가거나
매끈한 비의 혓바닥이 어린잎에 젖은 턱짓을 걸어두곤 했다

혀와 혀가 서로 엉기는 현상을 유전학이라 불러주었다
혀와 혀가 서로 다투는 현장을 생태학이라 끄덕여 주기로 했다
혀가 굳거나 풀리는 우리들의 행태에 관한 논의는
초록빛을 똑똑 따다가 된장과 들깨가루를 넣어 끓여보기로 한다

혀는 흡착력이나 감응력이 좋아서
안의 혀가 바깥의 혀를 휘감는 뫼비우스풍의 기하학적 방법으로
몇몇 생을 슬며시 건너가기도 한다

■ **안차애** _ 2002년 부산일보 신춘문예 등단. 시집으로 〈불꽃나무 한 그루〉 〈치명적 그늘〉 등.

불과 물의 씨앗 ㅣ이봉하

어떤 혀는 말하기를 좋아하고
어떤 혀는 노래하기를 좋아하고
어떤 혀는 침묵하기를 좋아하고

어떤 혀는 칭찬을 잘 하고
어떤 혀는 욕을 잘 하고
어떤 혀는 늘 긍정적이고
어떤 혀는 늘 부정적이고

어떤 혀는 짧으면서도 긴 말을 하고
어떤 혀는 길면서도 짧은 말을 하고
어떤 혀는 우물 안에서 놀고
어떤 혀는 우주에서 놀고

하나이면서도 열개를 이야기하고
열개이면서도 하나를 이야기 하는 너
그 무엇에 앞서 하늘과 땅을 노래하렴

사람이기에
살아 있기에
말하고 노래하고 침묵하고 욕하고 칭찬할 수 있을 때.

■**이봉하** _ 2002년 《문학세계》 신인상 등단. 시집으로 〈내 마음속의 바닷가〉〈오두막집으로〉 〈길(La strada)〉〈나는 오늘도 바다를 휘젓고 싶다〉〈마지막 단추를 잠그면 가을이 간다〉가 있음. 현재, 성바오로 수도회 수도자. 한국시인협회, 가톨릭 문인협회 회원

밀림의 혀 ㅣ조문경

혀끝에서
바이올린 소리가 들린다
더듬어가던 소리가 어느덧
산과 나뭇잎과 숭어떼를 만들고
양팔을 벌리고 걷는 바람과의 동행
아, 가지 못하는 길은 없다
허공도 밀림密林이다
내 혀끝에서 살아난 저 초록 심연에서
가장 부드럽게 터지는 소리가 새를 만든다
내가 모르는 곳에서 스스로 빛나는 시詩가
빠다에 밥 비벼먹던 기억의 혀로 온다, 듣는다
안개를 듣고 초록을 듣고
바람이 내 몸을 헐렁헐렁하게 지나쳐
숭어떼가 된다 길이 된다
오, 무량의 길은 넘치지만
바이올린 소리는 끝난다
밀림의 혀끝에서

■ **조문경** _ 2002년 《삶글》 작품 활동 시작. 시집으로 〈항상 난 머뭇거렸다〉 〈노랑 장미를
임신하다〉 〈엄마생각〉이 있음. 한국작가회의 회원.

수작, 그 혀 혹은 주둥이들 ㅣ 진 란

그 봄,
꽃핀다는 소식이 남쪽으로부터 올라왔다
그 소식에 얹혀 파발마도 달려왔다
어디서부터, 누구로부터, 무슨 죄를 지었다는 구체적인
확인도 없이 파발마는 끈끈한 혀를 휘두르기 시작했다
군중은 소문에 예리해졌다
"A", 저 주홍글씨를 보라, 저게 증거지, 아니땐 굴뚝에 연기나겠어?
몸을 사리고 있던 꽃들도 그늘을 기어 나왔다
광장의 수많은 꽃 속에서 반짝이는 칼날이 쏟아졌다
때아닌 적개심이 양파향처럼 뿜어졌다
군중 속에 숨은 눈물은 소금처럼 반짝이고 말 뿐
피냄새를 맡은 뱀파이어의 유전자가 과열되었다
소문은 발가벗겨진 채로 채찍을 당하고, 소금으로 때리고,
마녀라고, 당연한 일이라고, 파발마는 외쳤다.
그럼으로써 파발마의 체면은 강건해지고 쉼없이
풀썩이던 꼬리는 슬그머니 그늘 속으로 스며들고
꽃으로 피고싶던, 한 순간의 이생은 광장 가운데 잊혀지고

세상은 또, 밥 먹고 똥 누고
변함없이 봄을 펼치고 있을 것이다.
홍매가 만개하던 봄의 일이다.
멀리 달려가는 파발마의 꼬리만 안개처럼 펄럭거린다.
그 봄의 모든 문서는 파쇄되었다.

그대여 여기 불태워진 것이 무엇이었었나
여기에 파산한 꽃의 이름은 무엇이었나
꽃들의 웃음은 진짜 웃음인가
그대, 이제 평안하신가
사랑은 칼보다 날카로웠는가

불온한 주둥이라고 담 밖으로 처음 내보낸 혀는
온유하고 은밀한 밀사,

부활절의 일이다

■**진 란** _ 2002년 계간《주변인과 詩》편집동인으로 작품 활동. 시집 《혼자 노는 숲》이 있음. 현재
《시와소금》기획위원, (사)한국여성문학인회 사무차장으로 활동 중.

말 | 최광임

시낭송 하고 무대를 내려오는데
관객 몇 우,우 박수 보낸다
목소리가 좋다며 혹시 배우 출신 아니냐고들 한다
나 그 얘기 여러 번 듣는 터지만
어쩐지 자꾸 쓸쓸해지는데 내 소리가 좋다는 것
사담 나누다 들어본 적 한 번도 없어
내 말에 귀 기울여주는 남자 한 번도 만난 적 없어
아직 성숙한 말 가지지 못한 탓으로
세상은, 유정란 속 갓 부화한 병아리소리 같은
어떤 음으로만 여기는 것은 아닌지

내게도 말이 있었으면
내 말이 낳은 아이, 말이 낳은 남자, 내 말이 만든 세상을 끌고
저 푸른 초원을 달려봤으면
말소리 하나로 갈기 휘날리며 온 천지 거침없이 달려봤으면

■ **최광임** _ 2002년 《시문학》 등단. 시집으로 《도요새 요리》 외. 현재 《디카시》 주간. 《시와경계》 부주간. 두원공과대학 겸임교수.

아직도 멀다 | 박미림

벚꽃의 혀는 보드랍다
장미의 붉은 혀는
매혹적이다
온갖 어둠 품은 연꽃
그의 혀는 길다

어디로 가야 하나

생의 뜨거운 종소리도
고갯길 주저앉아 울어야 하는 것도
너 때문이다
아직도 멀다
꼬불꼬불 비틀거리며 간다

혀에는 길이 있다

■ 박미림 _ 2003년 《문예사조》 등단. 수필집 〈꿈꾸는 자작나무〉가 있음.

떠다니는 입술들 ㅣ박수현

컵에 떠다니는 입술들*을 보고 온 날부터였던가 옥포행 시외버스를 타고 화원花園**에서 내리는 꿈을 자주 꾸었다 과수원 탱자울 바깥으로 빨간 사과들이 남실남실 떠다니는 길, 사과를 따주려던 남자가 돌아서 입술을 포개왔다 균형을 잃는 남자의 등 뒤, 멀리 이글대는 노을이 내 눈을 찔렀다 빛을 가둔 스테인드글라스 낱장마다 소슬소슬 과육에 고인 햇살이 흘러내렸다 얼마를 떠다녔을까 성샤펠성당 천장 높이 매달린 사과들이 쪼개지고 으깨지며 들판 가득 잠겨들었다 단단한 가시 속에 숨어 있던 울금빛 탱자도, 출렁이던 남자의 어깨도 보이지 않았다 사과향 같은, 탱자향 같은, 청춘의 물비린내 같기도 한 것들이 은유도 없이 한꺼번에 몰려왔다 달음질쳤다

돌아오는 길, 사과를 통째 삼키다 혀를 다친 입술들이 내 뒤를 바짝 따라붙었다 그것들을 떨쳐내려 나는 몇 번이나 낯선 정류장에 내렸다 몇 십 년째, 썩은 심장을 도려낸, 사과의 푸른 구름 광주리를 인 여자가 나를 기다렸다며 다가왔다 발이 시리다며, 내 신발을 벗어달라며 화원花園으로 가겠다고 했다

---

* 쿠사마 야요이의 그림제목 : 일본의 설치미술가이며 조각가. 현재 85세의 그녀는 어릴 때부터 시달린 강박증을 점, 선, 식물, 물고기, 사람의 얼굴 등으로 무한증식하는 세계를 주로 표현해왔다
** 낙동강가의 사과밭이 많은 대구 근교의 지명

■**박수현** _ 2003년 《시안》 등단. 시집으로 《운문호 붕어찜》 《복사뼈를 만지다》 등.

꽃잎 말 | 송경애

천사 같은 아기가 종알종알 꽃잎 같은 말을 한다

'미안'이라는 말을 못해서
"미나미나 해!"
나비꽃 같은 꽃말이
아기의 입술에서 파르르 날개짓 한다
빨간 꽃잎 같은 혀
입술에서 옹알옹알 해를 퍼 나르고
달님의 노래 퍼 나른다

우리집 유리창이
까르르 웃으며 환하게 열린다

■ **송경애** _ 2003년 《문학예술》 등단. 시집으로 〈세상에서 가장 따뜻한 말〉이 있음.

공지사항 −글 또는 혀 ㅣ유현숙

감정이 개입되거나 개인의 명예를 폄훼하는 글에
대하여서는 단호하게 삭제 합니다*

각주1* 12월 12일. 낯선 Blogger가 시 한 편을 들고 느닷없이 발톱을
세운다. 팔뚝에 몇 줄기 맨드라미꽃이 성글다. 게스트의 덧글에 진저리치며
송년모임 가던 걸음을 걷어찬다. 진상이라는 말 이럴 때 쓰는 건가.

하초 부실한 별들** 왕왕 무 뿌리처럼 뽑히게도
하는 익명의 영웅이여, 야누스여.
일파만파 번지는 도저한 난타여.
비파나무 이파리로 몸을 가리고 기게스의 반지를 굴리는 당신,
여자의 트라우마가 한 국자 선지 같다. 쓸쓸하고 게으르게
초저녁잠을 자는 동안, 부재중 전화가 몇 통 걸려왔고 그 사이
내 팔뚝에는 새들이 내려앉아 맨드라미 꽃씨를 쪼고 있다.

각주2* *인기 연예들의 자살 소식이 자고나면 톱기사로 실리고는 하던,

■ 유현숙 _ 2003년 《문학선》으로 등단. 시집으로 〈서해와 동침하다〉가 있음.

국지도 78 | 장혜승

한강혓바닥 군데군데 백태가 끼었다
하늘은 함부로 날름대는 혀들에게 경고하듯
한줄기 빗방울도 허락지 않고
가난한 목숨들은 죽고 또 죽고
죽은 자의 몫을 갈취하는 것들의 아우성 바닥이다
인간이 만든 조류생태공원에서
인간의 방식에 익숙한 저어새 강을 가로질러
검은 듯 푸른 북쪽으로 날아가고
겹겹의 철조망을 넘어온 뜨거운 태양은
침묵의 강물에 혀를 씻고 또 씻는다
할 말 잃은 저 강은 언제까지
결을 눕히고 하늘만 바라보고 있을 것인지
두루마리속의 말씀을 업신여기었던 나무들이
한 모금의 물을 위해 온 뿌리를 일으켜 세우지만
하늘은 유리구슬치기놀이로 한가롭다
만취로 울렁거리는 하류한강

■ **장혜승** _ 2003년 《현대시학》으로 등단. 시집으로 〈씨앗〉이 있음.

사람을 | 정하해

무쳐먹을 수는 없지 않은가
비벼먹을 수 없지 않은가
냉채처럼 훌훌 마셔버릴 수 없지 않은가 말이다
어쩌지, 나는 간을 볼 수 없도록 밀봉이
되어져 있는데
내 피가 종일 하는 일을 엿보고 싶은 건
나도 마찬가지여서
그런 날은 나물비빔밥을 시키지 여러 가지
생각이 궁금해서, 그리운 건 프라이처럼 노란지 말이다
단지 그대가 어떤 맛인지
사람들은 간을 보기 위해 혀를 먼저 사용하지
한 편의 롤로코스트처럼

■ **정하해** _ 2003년 《시안》 등단. 시집으로 〈살꽃이 피다〉 〈깜빡〉이 있음. 현재 《시와소금》
기획위원.

말의 행적 | 조금숙

영혼 털린 남자가 벼랑 끝에 몰렸다
혀끝에 머물렀던 전말이 튀어 나와
묻혔던 판도라 상자 정국이 혼미하다

이름이 거론된 자들 시치미를 뚝 떼는
당당한 외침 뒤로 슬그머니 흔적 지워
엇나간 소문만 돌아 파문은 더 커지고

고장난 나침반처럼 방향 잃은 일상이
경계를 뛰어넘어 입과 입속 헤매다
전율을 퍼지는 사이 어둠을 삼킨다

■ **조금숙** _ 2003년 《월간문학》 등단. 시집으로 〈소수언어박물관〉이 있음.

옥수수 | 최정란

이와 잇몸뿐인 아이를
업고 선 저 여자들
입술도 없는 아이를 키우는
저 키 큰 여자들
온 몸이 혓바닥인 여자들
길고 푸른 혓바닥으로
햇빛을 잘라먹고
달빛을 잘라먹고
바람을 잘라먹는 여자들
빗방울을 혀 위에 올려놓고
올렸다가 비우고 올렸다가
다시 비우는 여자들
거짓말처럼 넘실거리는
푸른 혓바닥 위로
어떤 노래가 지나가는지
종일 슬픔을 웅얼거리는
저 옥수수 잎들
차가운 입술이 없어
붉은 키스도 없는 여자들

■ **최정란** _ 2003년 국제신문 신춘문예 등단. 시집으로 〈여우장갑〉 〈입술거울〉이 있음.

혀 | 한기옥

내 혀가 언젠가
당신을 벤 적 있었을 것이다
알게 모르게
날을 세운 말들로 당신을 넘어 뜨려
나를 향해 다시는
일어설 수 없게 만들어 버렸을지 모를 일이다
시퍼렇게 벼린 혀 속 칼로
내게 오고 싶어한 당신의 그 길을
산산히 조각내버린 탓인지 모를 일이다
지독하게 아픈데
곁에 두고 싶은 이 하나 떠오르지 않고
쓸쓸함이니 막막함이니 하는 복병들만
거미줄처럼 들어차
사납게 숨통 죄어오는 밤을
무어라 불러야 하나

■ **한기옥** _ 2003년 《문학세계》 등단. 시집으로 《안개소나타》가 있음.

검은 혀 | 박소원

종갓집 종손의 아내가 되어
수백 수천의 밥을 뜸들이고 반찬을 만들던
주방에서 나가는 모든 찬의 간을
직접 보시던 어머니의 예민한 혀

단맛 신맛 짠맛 아린맛 쓴맛 뜨거운맛
차가운맛 싱싱한맛 상한맛은 꼭 음식에만
적용되는 것이 아니므로

드나드는 사람 많은 집. 사람과 사람사이에서는
주고받는 말 때문에 몸과 마음이 더 상했으므로

'네가 한 말 모두 네 몸으로 돌아온단다'
줄줄이 자식들을 앉혀놓고
어머니는 늘 입 안의 혀를 단속하신다

가출家出한 삼촌이 돌아와
맨 처음 밥을 먹던 어머니의 밥상에는
마음병 몸 병도 쉬이 낫게 하던
싸움질 하던 이웃들도 다독이며
화해를 돕던, 어머니의 말 반찬이 담백했다

기본양념으로는 도저히 맛을 낼 수 없는
화합과 치료의 맛을
은밀히 저장하신 어머니의 진홍색 혀
보이지 않는 심중까지 간을 보시던 어머니

육십 평생 탈색의 탈색을 거듭하였을까
꽃샘추위에 벌컥 닫히지 않던 입 안
이승의 경계에서 마지막 밥상 대신
차려놓으신, 어머니의 검은 말들 세치,

'네가 한 말 모두 네 몸으로 돌아온단다'
이승의 마지막 순간에도
어린 자식들 삶의 간을 엄중히 맞추고 계신다

■ **박소원** _ 2004년 《문학·선》 등단. 시집으로 〈슬픔만큼 따뜻한 기억이 있을까〉〈취호공원에서 쓴 엽서〉가 있음.

혀 | 임연태

구마라집이 죽음을 앞두고 제자들에게
"내가 평생 번역한 것에 한 치의 오류도 없다면
내 혀는 타지 않을 것"이라 했는데
과연 다비茶毘하여 육신은 다 탔지만
혀는 타지 않았다
탑을 세워 혀를 모셨는데
백련 한 송이 그윽하게 피어
살펴보니 그 줄기가 탑 속 혀에서
시작되었더라는 이야기를 읽고 있었다

오후 2시의 지하철이 한강을 건너는 동안
혀 짧고 더듬는 말소리로
경구를 읊듯 주문을 외듯
5천 원짜리 손전등을 팔던 남자가
다음 칸으로 건너가고 난 뒤
그가 남겨 놓고 간 5천원 어치의
혀 짧고 더듬는 말소리들이
구마라집의 책장 넘기는 소리로
귓전을 맴돈다

번역되지 않은 생짜배기 원어에 매달려
덜컹거리는 한 생애는
다음 정거장쯤에서 잊어지겠지만

부드러운 만큼 단단해질 수밖에 없는 것이
목숨 줄기라서 온 종일
5천 번 쯤 손전등을 켜고 끄는 동안
한 번은 불이 들어와
피로에 절은 그 얼굴이 환해질 것이다

번역되지 않은 말이
더 숭고하게 빛을 내는 순간일 것이다

* 구마라집(鳩摩羅什) : 4세기 인도 구자국 출신의 역경가 사상가로 불경佛經의 한역에 지대한 공을 세웠다.

■ **임연태** _ 2004년 《유심》 신인상 등단. 시집으로 《청동물고기》가 있음.

혀를 말려놓은 가래열매 │ 정영자

맨 땅에 숨어들어 후대를 이어가는 호두와 달리
물이 돕지 않으면 가래나무의 자손은 없을 것이다.

누구는 머릿속을 보인다 하고
또 다른 이는 입을 연다고 했다
생각이 깊어서일까 들어본 말이 별로 없다

입이 여물다
몸으로 익힌 날들이 얼마인데
설득력이 약하다며 마른 혀 꺼내 놓을 생각이 없다
화는 입으로 들어온다는
조상이 남긴 종족보존법을 알기에
입속에 족보를 품고 꺼내 놓지 않는다
깊은 속을 보기까지 다람쥐도 몇 번 포기했다가
만난다는 견고한 입
물리적 힘을 버리고 사나흘 물속에 담겨
혀가 촉촉해지면 껍질 밖으로 한세대의 내력을 이어간다.
쉽게 열리는 입속엔 벌레가 우글거려
후생이 없다며 혀를 뽀송하게 말려두는 가래열매

* 가래열매 : 견과류로써 호두와 비슷하게 생겼다. 손바닥에 넣고 굴리며 혈액순환을 돕기 위해 많이 사용한다.

■ **정영자** _ 2004년 《순수문학》 등단. 시집 《어쩔래 미쳤다》 《모서리의 실체》가 있음.

혀, 베일 벗기다 | 최성아

말판 붙들고 앉은 뒷배는 살아있다
세 치 힘 내세우며 밀실을 주름잡는
울화도 낯간지러움도 느닷없이 요리하다

입 열면 다 보이는 욕심은 가파르다
시치미 동굴 속에 떡 버틴 막무가내
들통 난 거울 앞에서
날름날름 침 바른다

■ **최성아** _ 본명 최필남. 2004년 《시조월드》 신인상 등단. 시조집 《부침개 한 판 뒤집듯》이 있음.
부산문학상 우수상 수상. 현재 부산 금강초등학교 교사.

혀의 힘 | 강수니

갓난아기는 젖 먹을 때 뭐든 거머쥔다
작은 입술을 오므렸다 펴며
혀의 힘으로 세상을 꽉 잡는다
세상에 태어나서하는 첫 노동은
우는 일과 빠는 일,
모든 힘은 입에 집중되어있다
옷깃이나 이불깃이라도 고 작은 주먹을
으스러지게 쥐고 온 몸으로 힘차게 빤다
파란 실핏줄 비치는 양쪽 관자놀이
물고기 아가미처럼 빨락빨락 뛰며 젖 물 넘길 땐
내 몸도 한없이 따뜻해진다
영원이란 어미가 아기에게로 흘러 들어갈 때
뱃구레 골 차오르는 소리로 들릴 때다
이때 눈이라도 맞추면. 빵긋
저 형용이 없어 형용할 수 없는 흰빛
그 빛을 어미가 보고
그 빛을 아기가 느낀다
하지만 이때도 아이 배냇머리 솜털은
송송 솟은 땀으로 흠뻑 젖어 있었으니
필사적인 것이다 사는 일은
다만 잠시 너에게서 나에게로
나에게서 너에게로 흘러간 웃음이 아름다울 뿐
아이는 다시 혀의 힘으로
세상의 옷깃을 말아 쥘 것이다

■ **강수니** _ 2005년 《시대문학》 및 《시문학》으로 등단. 시집으로 《한쪽 젖으로 뜨는 달》 《실꾸리 경전》 등.

혀 | 김경선

음산하고 축축한 은신처,
그는, 캄캄한 지하에 똬리를 틀고 숨어 있다

그는 타고난 안무가 이자 춤꾼이다
간교하고 달콤한 독을 풀 때는
상대를 춤추게 한다
그의 포위망에 걸리면 쉽게 빠져 나갈 수 없다

상대의 스텝에 맞춰 서서히 움직이던 춤사위,
어느덧 그의 현란한 춤 앞에 속수무책 끌려다닌다
상대를 여지없이 무너트리는 현란한 춤을 춘다
상대의 눈을 피해 비밀리에 올무를 놓는다
굼뜬 사람일수록 올무에 걸리리라

그가 구덩이를 파 놓고
똬리를 틀고 앉아 있는 순간은
과거를 잃는 중이거나 미래를 향한 길을 트는 중이다
그의 스텝이 어디로 튈지 모른다

춤사위 속 치명적 독!
아무도 눈치 채지 못 한다
보이지 않는 이빨로 상대의 목을 물어뜯는다
그리곤 아무 일 없었다는 듯 놓아 준다

그가 붉게 토해 놓은 독으로 자신의 목을 조이는 중이다

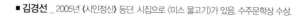

■ **김경선** _ 2005년 〈시인정신〉 등단. 시집으로 〈미스 물고기〉가 있음. 수주문학상 수상.

모서리가 커브를 | 박일만

반듯하게 말해본 적 있는가
혀를 입속에서 종횡무진 굴리며
흉금을 터놓은 적 있는가
장황한 말만 늘어놓는 사람들은
좀처럼 연육질의 아량을 뱉지 않는다
부드러운 혀로도 체제를 만들고
모서리 뒤편에서 음험하게 조직적이다
사람살이가 모두 그런 것인 양,
하지만 살펴보면
각진 말의 뒤편에는 부드러운 마음이
섞여있다는 걸 아는가
정면 돌파에 부딪히면 우회로가 생겨나듯
마음을 얻기 위해 뒤로 돌아가 껴안으면
의식이 먼저 닿아 가늠할 수 있는 앞모습,
능숙하게 본마음을 숨겨 놔도
부드러움 앞에서는
명약관화해지는 사람의 실체
그러므로 모서리가 난무하는 사람들 틈에서는
각진 모습으로도 둥글게 말해야 하느니
간통처럼 부드럽게 말해야 하느니

■ **박일만** _ 2005년 《현대시》 등단. 시집 《사람의 무늬》 《뿌리도 가끔 날고 싶다》가 있음.

혀 짧은 그리움 아니, 그, 디, 움 | 유용선

그는 언제나 그리움을 그,디,움, 이라 발음한다
그런 그에게 그, 리, 움, 을 강요하면 그, 디, 움, 한다
사람 좋은 그와의 술자리에서
나는 희미하게 바랜 옛사랑의 그림자를,
그는 언뜻으로 남았을 옛사당의 그딤자를,
유부남인 나는 웃으며
친정에 가 있는 아내가 아쉽다고,
노총각인 그는 훌쩍거리며
다른 사내의 아내가 된 그 여자가 그딥다고,
마주앉아 주절거리며 술잔을 비워댔다
내 말은 꽃같이 피었다가 시들고
그의 말은 불길이 되어 내 가슴을 데이게 했다
그의 천부적인 어눌함을 부러워하며,
매끄러운 나의 혀를 부끄러워하며,
마침내 내 중얼거림 속에서 사랑이 사당이 되었을 때,
그는 시, 나는 말이 되고,
그는 예술, 나는 현실이 되어,
시와 예술은 자취방으로, 말과 현실은 자기 집으로 향했다
그디운 사담 옆에 누워있지 않은 외도운 밤을 향하여

■ **유용선** _ 2005년 《시와창작》 문학상 수상. 시집으로 〈다시, 잊는 연습 걷는 연습〉 〈개한테 물린
적이 있다〉 등.

입 속의 혀 | 이재연

핸드폰이 울렸다
핸드폰을 다른 손으로 옮겨 받았다
핸드폰 소리는 이미 지나가 버렸다

잘 지내지?

주소를 옮겼어
아주 옮겼어

잘 살고 있는지…

점점 비겁해져 가고 있어

나의 키, 나의 체중 나의 혈액형에
연루되어 있는 너를 버렸어

이해 받을 수 없을 것 같아
너를 버렸어
아주, 버렸어

나를
지키지 못했어

잘살고
잘살고 있는지…

■ **이재연** _ 2005년 전남일보 신춘문예 등단. 제1회 오장환 신인문학상 수상.

따뜻한 혀 · 2 | 이태순

꿈을 꿨다
풀 한 짐 지고 우두커니 서 있는

고요해서 슬펐다
풀 한 짐이 시들었다

천리 길 만리 떠나는 워낭소리 들렸다

핏물 밴 풀 뜯어먹다 배가 고파 울었다

붉은 흙을 뒤집어 쓴
어미 소가 걸어왔다

다 헐은 혓바닥으로 연신 핥아 주었다

■ **이태순** _ 2005년 농민신문 신춘문예 등단. 시집으로 〈경건한 집〉〈따뜻한 혀〉가 있음. 오늘의 젊은시조시인상, 중앙일보시조대상 신인상 수상.

혀의 뿌리 —택배 아기 | 정경해

어머니, 상자 속 우리 아기…… 좋은 곳으로 보내주세요.

내 품처럼 꼭 맞는 상자였어야 했어요. 지금 내가 품이라고 했나요. 품…… 열 달 동안 손발 시렸을 그 집. 그곳은 날마다 고드름이 열리는 이글루였어요. 시도 때도 없는 독설이 유성처럼 날아와 박히면, 영문 모르는 아기는 심장을 끌어안고 더 움츠렸겠지요. 아기가 가슴에 담았을 말들, 아니, 가슴에 담았을까요. 그 송곳 얼음덩어리들을. 오십 센티, 오십 센티라네요. 지상에서 까치발 한번 떼어보지 못한 키. 하지만 어쩔 수 없었어요. 고시원은 나 혼자 눕기도 좁았거든요. 세상의 숨이 혀로 핥기 전 내가 조그만 입을 막아버렸어요.

어머니, 사과가 먹고 싶어요. 반짝반짝 빛나는, 혀를 날름대는 탐스러운 사과 한 개. 어머니, 난 왜 이 순간 사과가 그리운 걸까요.

어머니, 몸이 가려워요. 그…… 혀……. '너는 결코 죽지 않아.' 날름날름 나를 핥으며 자꾸 사과를 먹으라네요. 내 남자도 줘야겠어요. 그럼 나는 또, 아기를 택배로 보내야 할지도 몰라요.

이 에덴에 머무는 동안.

■ **정경해** _ 2005년 《문학나무》 신인상 등단. 시집 〈선로 위 라이브 가수〉 〈미추홀 연가〉와 창작동화집 〈미안해 미안해〉 〈동생이 태어났어요〉와 산문집 〈하고 싶은 그 말〉 등이 있음.

자술서 | 정재분

의사가 혀를 내밀어보라고 했다
밀려나온 살덩이에 무슨 내용이 씌어 있을까
설령 거울에 비추어본다 한들 나로서는 해독 불가능이다
정녕코 아닐 것이다
무얼 그리 참았다고 엎잖아할 것이며
늘 고만고만한 일상에 삿대질할 것이며
사소하고 쓸쓸하기 짝이 없는 평화에
벽력같은 선전포고를 할 것인가
느닷없이 삶에다 총질을 난사할 것인가
불평 많은 미뢰를 어르고 달래려
맛난 음식을 공급하려 부단히 애썼으며
감성의 실현을 꿈꾸는 첨병의 고뇌를 헤아려
격렬함과 부드러움을 구가할 줄 아는
입술을 어렵사리 공급하지 않았던가
지나간 시간이 불쏘시개처럼 쉽게 불붙어
다가올 시간의 금형을 망가뜨린
세 치 도화선으로 전락했을 때에도
어김없이 베푼 관용을 정녕,
잊으면 안 되는 것이다

■ **정재분** _ 2005년 《시안》 등단. 시집으로 〈그대를 듣는다〉와 합동 기행시집 〈티벳의 초승달〉이
있음. 신문집으로 〈침묵을 엿듣는다〉가 있음. 현재 《시와소금》 기획위원.

붉은 혀 ㅣ최재영

마량리* 동백 숲에 들어선다
온 천지 꽃대궐인 듯 만개한 봄날 오후
꽃 잎 겹겹이 바다가 접혀있어
한 시절 격랑을 이고 숨 가쁘게 출렁인다
동백 둥치 깊은 곳에서 물소리가 흐르고
봄맞이 나온 노인들
그 숲에 들어 회춘이라도 하였는지
낯빛이 환하게 달아오른다
주름 잡힌 눈자위 자글자글 물결이 일 때마다
쉴 새 없이 달싹이는 혀
은밀한 눈빛을 주고받으며
입 안 가득 동백을 퍼 나르느라 분주한데,
해마다 봄을 키워 세월을 부풀렸다
꽃 잎 같은 혀들이 육지를 왕래하느라
마량리는 붉은 소문으로 들썩거리고
일제히 정분이라도 난 것일까
가슴에 연서 한 장씩 품고
발그레해지는 맹약의 계절
수백 그루 열락이 피고 지는 사이
저 켠 말라비틀어진 고목에
뜨거운 혀 한 장 돋아나는 중이다.

* 마량리 : 충남 서천군 소재, 동백군락지

■ **최재영** _ 2005년 강원일보, 한라일보 신춘문예 등단, 2007년 대전일보 신춘문예 당선, 2007년
방송대학문학상 당선, 시집으로 〈루파나레라〉가 있음.

물의 혀 | 황명강

얼음의 몸 위로 김이 오른다
꺼칠한 살결 껴안는 고지식한 바람만 기어다닐 뿐,
메기 씨 붕어 씨 개구리 양
연못의 주민들은 보이지 않는다 날카롭게 자란
얼음의 이빨 사이엔 빙그레우유 곽이 미동 없이 앉아 있다
침묵으로 항변하는 저마다의 길 앞에
지난여름에 보았던 것들이 오류였다고
물음표처럼 쪼그라든 마른 풀잎이
남극의 별을 가진 적 있다고 일러주는 이 없다

물이 혀 내밀어 얼음을 핥는다
기울어진 문장을 아이러니가 추켜세우듯
겨우내 굳어가던 물고기들의 들숨과 날숨
푸른 멍이 투명해지도록 핥아낸다
아무도 눈여겨보지 않는
저 혀들이 꿈이고 희망인, 얼음 아래 숨어 떨고 있을
보이지 않는 어린 눈빛들이 아프다
숨구멍 열어 줄 혀마저 없던 지난 시절의 빙하,
그곳 떠돌던 지느러미는 지금쯤 바람이 됐을까

혀가 움직일 때마다 얼음의 중심이 이동한다
이 긍정은 진실이나
우주 어디에도 영원한 진실은 없다

■ **황명강** _ 2005년 《서정시학》 등단. 경주신문사 편집인 겸 부사장. 육군3사관학교 출강.

종북이라는 말 | 김정원

네모난 틀에 박아 넌 사과는
더 이상 사과가 아니야
그것은 사각형 두부이지

세모난 틀에 쑤셔 넌 장미는
더 이상 장미가 아니야
그것은 삼각형 김밥이지

근거 없고 논리 없고 이성 잃은
돌아버린 개가, 다만,
막다른 골목에서
으르렁으르렁, 막무가내로 대드는
녹슨 이빨일 뿐

그것은 애초 **뼈**와 살이 없는,
그마저도 닳고 삭아 심장마비로 쓰러진
마지막 숨을 몰아쉬는 혀에
수구(狗)들도 진절머리가 나서
관 뚜껑에 못질하려고 망치 들고 짖어대지

■ **김정원** _ 2006년 《애지》 등단. 시집으로 〈줄탁〉 〈거룩한 바보〉 〈환대〉가 있음.

쉿, 당신 혀를 잘라 | 김지유

백팔 년 전 당신이 전한
그 말 그대로 듣는 거야

돌아선 등 뒤로 우두커니
늙은 박달나무 한 그루

더 이상 가지 뻗지 않는 우듬지 아래
까마귀는 평생 울어 줄 거야

신굿 없이 말 옮기는 무당이여
당신 혀 잘라 만든
사슴의 뿔

녹슨 굴착기가 푸르게 푸르게
동굴 속 신단수 뿌리에 얽혀 있어

쉿!

천팔백 년 뒤
오늘을 까막거리는
그 말

당신 할 바로
그 말이야

■ **김지유** _ 2006년 《시와반시》 등단. 시집으로 〈액션페인팅〉 〈즐거운 랄라〉가 있음. 웹진 《시인광장》 편집위원 역임.

태양의 혀 | 박미산

천둥 번개로
목욕한 몸을 말린다
나무 곁에서 똬리를 틀고
뜨거운 표정을 짓는다
모자를 깊게 눌러쓰고 지나가는
너는 영겁의 세월 전
나를 기르던 나의 치정
비린 육신
페로몬을 뿜고 혓바닥을 낼름거리지만
너는 젖은 흙을 밟으며
무심하게 스쳐간다
청포 냄새가 난다
치정을 말리기 좋은 유월
너에게 우아하게 다가간다
스스스
근질거리는 입술들
네가 뒤돌아보는 순간,
뒤엉킨
태양의 혀

■**박미산** _ 2006년 《유심》 신인상과 2009년 세계일보 등단. 시집으로 〈루낭의 지도〉 〈태양의 혀〉가 있음.

혀 | 서정임

열두 치마폭이다
단맛과 신맛 쓴맛 매운맛 짠맛
모두 맛본 자가
최후의 보루처럼 꺼내놓은 처세술이다
그 은밀히 너를 감춘 욕망 속에서
뒤집혔다 엎어졌다 굴려졌다 조여졌다 풀어졌다
반복하는 나는 천당과 지옥을 오간다
만족과 허기를 구한다
아흔아홉 꼬리를 가진 여우처럼
보이지 않게 나를 요리하는
저 천하의,
나는 오늘도 그 안에 든다
어느 귀골 장대한 사내도 벗어나지 못하는
부드럽고 둥근 저 그물에
발기되는 불안을 풀어놓는다
나도 모르게 길드는 하루가
또다시 펼쳐질
또 다른 하루를 조절한다

■ **서정임** _ 2006년 《문학·선》 등단. 시집으로 〈도녀츠가 구워지는 오후〉가 있음.

무궁화 스타디움 | 이국남

왕릉처럼 높다란 지붕에
무궁화 간판 걸린 스타디움
금붙이 단 유니폼 선수들은
입심 키우느라 분주하다

신통망통 물리지도 않는
별난 비술들이 주름잡는 곳
민주라는 칼 마구 휘두르며
끝도 없는 줄다리기시합

뻔뻔한 생트집도 유효해
이따금 격투기도 즐기는 그
악령 높게 변해버린 무도관
도대체 누가 지어줬을까

과연 누가 닦아놓았는지
상여처럼 툭하면 길을 막고
눈치껏 치고 박고 싸우라는
드넓게 징한 여의도광장

■ **이국남** _ 2006년 《문학마을》 등단. 시집으로 〈시각의 전환〉 〈진주조개〉 등이 있음.

혀 | 이성웅

사람들은 널 믿으려 하지 않아

다보여래가 혓바닥으로
500유순의 사바세계에 닿아
부처의 말씀을 증명했다면
나를 대변하던 너의 노래는
가끔 해독할 수 없는 문장으로
닿기도 전에 꼬이고 휘둘렸지

내 호수는 잠잠하지 않고
날이 갈수록 예리해지는 넌
늘 경계 안에서만 서성거렸지
너와 내 사이,
천정과 바닥 사이,
내 안과 밖의 경계를 허물어 봐

그에게 닿는 길은 더 말캉해야 해
등 뒤로 떠도는 소문은 일상이야
세상이 쓰다고만 말하지 말아
촉촉한 문장 속에 진심을 끼워 넣어
그대의 밑바닥에 닿아보렴

■ **이성웅** _ 2006년 《울산문학》 신인문학상 등단. 시집으로 〈엘 콘도르 파사〉가 있음.

나는 나의 비수다 | 권영희

내 말과 생각이 비수로 날아갈까 봐
잘 드는 날도 애써 달래며 살았음에
정작은 베어야 할 순간
날은 이미 둔해졌다

코앞에 지르고 간 가슴 아픈 말에도
저 하나 제대로 감싸주지 못하고
무심한 한마디 말에
붉디붉게 긁혀버린

무디게 사는 것만이 능사가 아니라는
오늘 내게 날아온 단단한 깨우침 하나
기어코 미련한 가슴에
비수처럼 박히다

■ 권영희_2007년 《유심》으로 등단

돌돌 말린 혀들 | 정연희

아카시아 마른 잎들
눈 속에서 얼었다 녹았다 하는 사이
새부리 속 작은 혀처럼 도르르 말려있네
짝을 부르고 바람을 일으키던 혀,
침 마른 혀처럼 동그랗게 말아 넣고
말이 없네

누군가 마지막 숨을 몰아쉬기 전
목마른 혀 입천장에 오그려 붙인 채
세상에 쏟아낸 숱한 말들
순음만 남기고 거친 파열음 격렬 음들
긴 침묵 속으로 거두어들였다

돌돌 말린 혀,
침묵중인 아카시아 잎들 오래잖아 흙속에 묻힐 것이네
땅이 풀리고
새로운 혀들이 새와 바람을 부르면
아기의 배내옹알이처럼 순한 연초록의 말들
숲 너머까지 푸르게 번져갈 것이다

첫 울음 토해낸 뒤
나는 헛된 말로 사용횟수를 허비했네

■ **정연희** _ 2007년 《현대시학》 등단.

동굴인간 | 남연우

바위산 폐부 깊숙이 숨 쉬는 혈거
빛과 어둠의 조화를 섞은 푸른색 그늘이
웅크린 채 포섭되어 거미줄을 내린다
제 그림자를 흔들어 비울 수 없는 암암리
황금박쥐 거꾸로 매달려 면벽하는 원시인간이 사는 집은 동굴이다
방울방울 떨어지는 눈물들끼리 석순과 종유석으로 만나는 동안
시간은 무한한 인내 아니면
신인류의 출현을 허락하는 기다림
바윗돌을 갈고 쪼갠 돌도끼의 혈흔을 기억하는가
모로 세운 시간을 깎아 바늘이 되기까지
진화의 연대기 마지막 장에 이르러
마침내 우뚝 선 호모 사피엔스 사피엔스

빙하기를 성큼 건너 말을 걸어온다
독설의 독침을 찌른 적 없는
순수한 혀로, 그들도 사랑을 고백하였을까
흉부에 돋을새김 한 갈비뼈의 부드러운 사선을
별똥별 무리지어 낙하하는 감동의 궤적을
빗살무늬 토기는 알고 있다
현생인류 내 안에는 원시인의 피가 흘러
아득한 동굴 벽에 갇혀 벽화를 그린다
여태 흥건한 물방울 점적 이 수렁이, 너무 깊다
허허벌판 바람의 환청을 듣는 귀가 순하다

한 번도 열린 적 없는 빗장을 해제한
해끔한 얼굴의 원시인이 그 깊은 동굴에서 걸어 나온다

■ **남연우** _ 2008년 시집 〈아름다운 간격〉으로 등단. 시집 〈세상에서 가장 빛나는 꽃〉 등.

회자膾炙 —고등어를 말하다 | 이남순

내장을 다 버리고 또 추려서 도려 놓고
왕소금 한주먹을 가슴 가득 품어내면
실팍한 살품이라며 쓰다듬어 안아줄까

시퍼런 불의 혀를 온몸으로 받아가며
바다 빛 푸른 등살 지지지 녹여내면
마지막 등뼈마저도 축원으로 휘어지고

노릇노릇 사루어진 한 마리 열반이여
내생으로 귀의하는 온전한 공양이여
밀교 속 어라연 꽃이 비린내로 피고 있다

■ 이남순 _ 2008년 경남신문 신춘문예 등단. 시집으로 《민들레 편지》가 있음. 이영도시조문학상 신인상 수상.

말을 표구하다 │ 장상관

금빛 햇살에 혀를 말린다
노릇노릇 구운 말
화끈화끈 타오르는 말
시원 텁텁 쟁여진 산봉우리
심장이 얼마나 크고 뜨거우면 저 산객
식은 가슴에서도 뜨거운 탄성을 구워내는 것일까
말없이 말하는 산
형형색색 화음 이루어
혀끝에 선 사람들 눈 속에서 오래 머문다
마음 조각조각 도려내던 헛날이 무색해질 무렵, 야-호
정곡을 찌르며 울려오는 메아리
찢어진 가슴을 핥고 촘촘히 깁는다
우그러뜨린 마음마다
거칠게 휘둘렀던 검붉은 헛바닥 끝내
다스리지 못한 죄 짊어지고
성대에 자물쇠를 채우고 몸부림치는 나를
뜨겁게 조율하는 말 한 잎
액자에 넣어 머리맡에 건다

천만 헛바늘이 돋도록 산을 필사한다
잎맥이 선명하다

■ **장상관** _ 2008년 《문학 · 선》 등단. 시집으로 〈결〉이 있음. 한국작가회의 회원.

혀 | 최형심

혀를 깨무는 순간, 입맛을 잃은 장마전선 너머에서 새알만 한 행성들이 부화하고 있었다. 포개진 그러나 포개질 수 없는 말들,

입안의 통점들이 오래도록 혀를 빌려 식탁에 앉았던 습성을 생각했다. 건너편 해바라기가 아무도 듣지 않는 전주곡을 하수구로 흘려보냈다.

찡그린 풋자두에 잇자국이 생겼다. 어떤 토사(吐瀉)의 시절이 지나갔다. 관악기를 만나면 금속처럼 단단해지는 목소리가 있고 독신이 아니어도 독선적일 수 있는 입이 있다.

오줌보가 부풀어 오른 소녀들처럼 각설탕을 발음하면 헛바늘이 녹았다. 유연한 뿔이 자라는 몸 안쪽에는 영원이란 없다. 말(言)은 매일 조금씩 벌어진다.

별을 말하지 않는 혀와 혀 사이, 유리벽에서 네 발 짐승이 의심으로 몸을 접는다. 자정이면 상냥한 문지기의 등 뒤에서 시를 쓰겠지? 혀만큼 드러낸 허기가 무덤까지 갈 것 같다. 혀를 깨무는 순간, 물리학을 모르는 별들이 얼굴을 지나갔다.

■ **최형심** _ 2008년 《현대시》 신인상 당선으로 등단.

바다의 헛바닥 | 김연미

올 봄에 또 무엇 억울함이 있었나
직선으로 부딪치는 막무가내 저 빗방울
며칠째 비오는 바다 심장을 두드린다

잠 덜 깬 표정을 전면에 깔아놓고
검은 바위 그 배후에 헛바닥 숨긴 바다
귀 막고 눈도 감은 채 침묵만 끌어 당겨

가난한 이름들은 흔적조차 남길 수 없나
저 많은 눈물을 먹고 비대해진 4월 바다
입술도 닦지 않은 채 시치미를 똑 뗀다

■ **김연미** _ 2009년 《연인》 등단. 시집 《바다 쪽으로 피는 꽃》이 있음.

혓바늘 | 김택희

툭
던지네요
삼킬 수 없어요
비좁은 방에 놓인 음의 부호
주파수 틀린 FM처럼 거슬려요
달래야만 하는데
무심코
불거진 말 더듬으면
구차해진 확인 아리게 퉁겨져 오네요
이쯤에서 끝내기로 해요
날카로워져 있을 때는
요만큼의 간격
건너뛰기로 해요

■ **김택희** _ 2009년 《유심》 신인상 당선으로 등단

7월 —마른장마 | 김향미

바다는 마른 제 혀를 길게 늘이고 산간오지
어미 소가 새끼 등을 쓸 듯
늙은 농부의 가슴을 쉼 없이 쓰다듬을 뿐,

■ **김향미** _ 2009년 《유심》 신인상 등단.

넌 | 서주영

넌,
누군가의 배후다

습한 어둠속에 몸을 숨기고
누군가의 어스름이나 그늘을 들출 땐
낮게 숨어 히죽이며 신이 난다

자신을 들키지 않기 위해
천연덕스런 자세로 온갖 더듬이 동원해
천 개 말[言]을 종용한다
때론 음흉하게 때론 무지막지하게

너로 인해 비밀 속에서 태어난
몸집 커진 무형의 기형아들이
구름과 안개 뚫고 총알처럼 날아간다

날아간 것들은
착한 햇빛의 눈을 쑤시거나
가슴팍을 후벼 파며 질서를 교란시키기도 한다

더러는 저마다 뾰족한 이력을 달고
부메랑으로 돌아와
앙칼진 비명과 발버둥으로

너의 뒤통수를 후려치기도 한다

난, 네게서 늘 감춰진 불안을 읽는다

■ **서주영** _ 2009년 《미네르바》 신인상으로 등단.

초콜릿하우스 | 한경용

크리스마스에 케이크를
초콜릿으로 만든
눈 속의 집과 나무, 사슴
입에 넣으면 달게 녹아 버리는
잠시의 맛, 그래도 미소를
여기는 거실 저기는 침실
베란다의 꽃도 벽의 그림도
혀에 넣으면 사르르
우리 아이들도 사르르

주방 목욕탕 베란다까지
달콤 지금 먹어요.
흘러 버리면 번져요.
여기저기 초콜릿 빛 빨아도 흠이 나요.

굳어 버린 나의 혀에 달라붙는
초코 크림 슈가 내가 빚은 하우스
초콜릿 하우스

빠알간 리본을 달고 성탄절에 들고 와서
손으로 성큼 집다가 뭉개져 버렸네요.

정원에 불빛을 만들려다
지붕 위 눈을 뿌리다가 묻혀버렸네요.

■ **한경용** _ 2009년 시집 〈잠시 앉은 오후〉로 등단. 2014년 《현대시》로 작품 활동. 시집으로 〈빈센트를 위한 만찬〉이 있음.

구름의 혀 | 한성희

    땅에 닿지 않는 말과 순하게 길들여진 혀, 소문에도 은신처가 있다면 언제부턴가 그곳은 구름의 서식지 낮은 물안개를 움켜쥐고 그는 연신 저수지의 바깥쪽을 기웃거리며 배회한다

    이곳은 언제 분리될지도 모르는 가을, 캄캄한 세상을 견딘 말의 근육들 가끔 높은 압력을 감당하지 못해 나무 잎사귀처럼 자살을 엿보는 중일지도 모른다

    검은 말을 움켜쥐고 수면 밖으로 뛰쳐나올 듯한 구름의 혀, 그때마다 물살로 흩어지는 비명소리 그것은 오래된 구름의 호흡일 뿐 수문 가까이 구름들이 뭉친 멍울을 저수지에서 끌어내린다

    거짓말처럼 소문은 은신처를 옮겨 놓고 낮은 곳에서 붉은 손톱을 기르고 가을의 노래로 번지고 저녁을 두고 구름의 혀는 딸꾹질로 반짝이는데

    여전히 빛나는 구름들을 물었다 놓는 곳, 누가 혀를 잘라먹고 수초에서 꽃뱀처럼 운다 그는 소문을 벗어나기 위해 들끓는 중이다

■ **한성희** _ 2009년 《시평》 신인상 등단. 2014년 아르코문학상 수상. 현재 다큐콘스 대표. 《시와소금》 기획위원

■ 2010년~2015년 등단시인

■고안나_혀/ ■김유진_간심奸心/ ■박광호_혀에 감기다/ ■변영희_스
머싱/ ■유영옥_그대는 팔방미인/ ■이강하_혀, 저녁의 감정/ ■이돈
배_작설차/ ■정원석_어떻게 말해야 할까/ ■조승래_꽃이 핀다/ ■김
덕남_봄의 혀/ ■김선아_궁굅/ ■김인숙_하루살이의 칼/ ■김춘리_식
욕의 자세/ ■변희수_나는 초콜릿 복근을 좋아한다/ ■정치산_농담/
■조한일_명중/ ■김인숙_노이즈/ ■문명숙_가장행렬/ ■이여원_입
술이 다르다/ ■정선희_혀를 달고 다니는/ ■진순희_겁 없는 혀들/ ■
허석_고고성呱呱聲을 듣고/ ■김송포_혀에 바퀴를 달고/ ■김임순_혀
에게/ ■심강우_혀의 행방/ ■양영숙_혀끝으로 꽃잎을 굴리는/ ■우
정연_작설/ ■이향숙_뜨거운 화법/ ■이현_혀/ ■정와연_목덜미를 핥
다/ ■정지우_농밀/ ■조양상_개 혀?/ ■강금희_모란의 혀/ ■권용욱_
혀/ ■금시아_나자스말/ ■반경_엘리베이터/ ■이원오_새/ ■임승현_
시시포스의 세 치의 혀/ ■최희_그리운 방종/ ■권정희_혀는 연장이
다/ ■권지영_꿈의 궤도에서/ ■김정미_바람의 혀를 파는 북극상점/
■김은호_조랑말/ ■김이솝_혀/ ■려원_휘어진 웃음/ ■송과니_부엉
이 부리에서 나온 쪽지/ ■이사철_낙역재기중/ ■임지나_혀의 계절/
■전순복_혀/ ■정미영_설전/ ■조선수_더듬다/ ■조충호_혀꽃부리

혀 | 고안나

감금하는 것은 잔인해
말을 지킨다 하여
갇혀사는 것 취향 아니지
말을 관리하는 것
때로는 권태로움이야
말이 잠든 곳은 무덤이지
문 하나 닫았다 하여
움직일 수 없는 말은 말 아니지
말은 방목해야 해
나는 기수야
말을 부릴 줄 알지
혼자 한 발짝도 가지 못해
당신 심장까지
단숨에 달리고 싶은데
굳게 닫힌 문이 문제야
천마가 되었다가
낙마도 하지만
치사한 싸움엔 달려가지 않지
어서, 문 열어
소리 조율하고 말은 자제할 께
한 마디 탄식조차 언급한다면
등 돌린 채 어디로 튈지 몰라
나는 기수
말의 연금술사

■ **고안나** _ 2010년 《부산시인》 등단. 부산시인협회 회원.

간심奸心 | 김유진

그는 설암이었다
수술대에 누웠다
주치의사, 보조의사, 간호사들
마취중인 그의 머리 위에서
금속성 목소리
한 마디 던지는 말
"새벽 네 시까지 폈어,
 허지만 이 연주는 내 전공인 걸"

그는 순간 눈을 번쩍 떴다
알코올 냄새가 확 지나갔다
"이놈들! 만일 내 못 일어나기만 해 봐라!
가만 안 둘 거다"

오래간만에 달콤한 꿀잠을 잤다
눈을 떠 보니 입안이 얼얼했다
혓바닥은 절반이 잘려나가고
지겹던 통증에서 해방되었다

삼백 여 일, 혓바닥 통증이 사라지고
잘리고 남은 반 토막 혀로
마취 중에 먹은 간심은 묻어둔 채
"간사 한니다! 선샌닌"
혀 짧은 소리, 천정에 부딪혀 돌아왔다

■ **김유진** _ 2010년 《자유문예》 등단. 현재 문채문학동인회 회장

혀에 감기다 | 박광호

어머니하고
나직한 목소리로 부르면
아련히 혀에 감겨오는 음식들
그 사람은 행복하다

내 고향 은률 지방에선 칼국수를 낭화라 하는데
호박 넝쿨이 헛간 지붕을 넘을 때
청옥 빛 애호박이 열리면 어머니는 낭화를 만드시었다
메밀에 밀가루를 섞어 반죽하고
안반 위에서 홍두깨로 밀어 얇고 둥글게 한 다음
칼로 싹둑 싹둑 썰어낸다

저무는 골목에서 뛰어놀다
날 부르는 소리에 들어와 상머리에 앉으면
진강포구 갯벌에서 살 오른
야들 야들한 참조개 살과
애호박나물이 고명으로 얹힌 칼국수가 반긴다

양념장 끼얹어 한 술 입에 넣으면
그 나긋나긋하고 깊은 맛에 혀가 마구 휘말린다
후루룩 후루룩
시원한 조개국물까지 다 마시고 나면
만월로 떠오르는 어머니 사랑

■ 박광호 _ 2010년 《문예사조》 등단. 시집으로 〈옛집의 기억〉 〈내 안에 강물〉 등. 두물머리
시문학회 회원. 현재 양평에서 전원생활.

스미싱 | 변영희

선처를 바랍니다
좋은 일 하려다 그리 되었으니
제발

쓰레기 불법투기에 적발되었다는
스미싱에 걸려 조아리는 목소리
갑과 을이 이즈러진다
을은 곧 갑이 된다

甲乙甲乙이 을이 되는 촘촘한 그물
쌍시옷의 세계가 속도를 올린다
산자들의 지옥이 과열되자
낚시에 걸린 폰을 초기화 한다
발자국은 이렇게 지우는 것

숲을 헤매는 손가락을 따르다
길을 잃는다
다시 초기화 중이다

꿀꺽 잠이 든다

■ 변영희 _ 2010년 《시에》 신인상으로 등단.

그대는 팔방미인 | 유영옥

세상의 단맛 쓴맛 다 맛 보았다는
그대는 참 엽엽하기도 하지
어디서든 간을 잘 보아
어디에든 간을 잘 맞추지
그러므로 그대는 분위기 메이커

세상일에 달콤 새콤 짭조름
심도 있게 음미하며
인생살이 맛깔나게 살아가는
그러므로 그대는 탐미주의자

병든 세상 고름 든 데 빨아주고
아픈 데는 핥아주고
그대가 한 번 휘둘러 살펴주면
메마른 세상도 이내 촉촉이 물기 돌아
그러므로 혀, 그대는 박애주의자

■ **유영옥** _ 2010년 《문학광장》 등단.

혀, 저녁의 감정 ㅣ이강하

우리는 꽃잎의 감정
흔들리는 몸짓이 적극적인

하루 끝 노곤한 네 그림자가 화단 귀퉁이 칸나 속으로 들어가 누군가
그리워 주위를 두리번거리는 찰나, 뱃고동 소리 끝 투두둑, 떨어지는 빗방울
소리에 납작해진 바람을 한참 돌리는 찰나에 가슴 벅차다 온갖 시련을
이겨낸 파도 끝자락이 저녁에 든 찰나가 세간의 질펀한 폭언을 들을 때는
아랫도리가 북극이다 그럴 땐 누군가가 내 두 귀를 가만히 열어 클래식 음악
한 상자 쑥, 밀어 넣기를 바라지 폭언은 음악을 바삭바삭 튀기겠지? 부풀어
오른 신음은 잠깐 침묵한 꽃잎의 울음이라 명하겠지? 미지근한 관계라도
더는 편을 가르지 말자는? 그 어떤 그 누구 앞에서도 당당하고 싶은 혀의
뿌리여! 지금 이 시간 그 무엇들이 심연으로 돌변할지라도 우리 소통은 정진,
붉은 돛이 되라

우리는 촉촉함의 궤적
닿는 것들에 더 단단해지는

■ **이강하** _ 2010년 《시와세계》 등단. 시집으로 《화몽花夢》 《붉은 첼로》가 있음.

작설차雀舌茶 ―공작의 혀 | 이돈배

신선이 들려주는 다경茶經 읽는 소리
청보라 반점 맑은 물 고여
정화수井華水 그릇 적시는 그림자 너울지다

이슬 머금은 잔잔한 아침 햇살
꽃잎 고명으로 소반상 잔을 올려
채담彩談한 빛 쌍무지개
침묵으로 응시하는 청초한 고운 결

새벽 길어 온 청정수 내려
찻잎에 울어나는
세속 덜어내는 진한 향 넘실하다

학 날개 나르는 솔바람 실어
다송茶頌 읊으며 하늘 먼 곳으로
하얀 구름 위 선율을 훔치는
다경茶境 오르는 길 평정심平靜心

내안에 시간 한 참을 여위다

■ **이돈배** _ 2010년 《문예시대》(시), 《문학미디어》(평론) 등단. 시집 《황새의 눈》《궁수가 쏘아내린 소금화살》과 평론집 《자연의 음성과 사물의 감각화》 등. 서은문학상. 에디슨기장紀章.

어떻게 말해야 할까 | 정원석

풀잎을 타고 흐르는 이슬
가득 채우고 있는 여심
길 위를 나뒹구는
거친 낙엽 부스러기가 저지른
실종된 철딱서니 땜에
그대 호숫가 파랑이 인다

봄날 피워 오른
아지랑이 속을 거닐 때
청아한 물소리 같은 속삭임
영혼을 녹여낼 달콤함을 담았지만
지척 간을 건너며
말 꼬리가 변이를 일으키면
불식간에 가시가 박히고
서로의 가슴에 생채기를 판다

부주의한 말 한마디로
생겨난 핏빛 설화
지워지지 않는 상흔을 덮으려
온갖 회유와 설득을 시도하지만
한 방울 먹물
열 섬의 맑은 물로도 씻을 수 없으니
어렵고도 괴로운 난제로다

어떻게 말해야 할까?

■ **정원석** _ 2010년 《시와수필》 등단. 시집 《세월이 머무는 길목》 《살며 사랑하며》가 있음.

꽃이 핀다 | 조승래

혀끝은 처음부터 밖으로 향했고
말씀은 입으로부터 나왔다

말이 나오는 곳으로
밥이 들어갔고
혀는 짓눌려 가면서도
외길을 버텨 가고 있다

들녘의 소 한 마리
혀를 휘감아
풀을 뜯는다
말이 필요 없는 순간

꽃이 핀다

■ **조승래** _ 2010년 《시와시학》 신춘문예 등단. 시집으로 〈몽고조랑말〉 〈내 생의 워낭소리〉 〈타지 않는 점〉 〈하오의 숲〉 〈칭다오 잔교 위〉가 있음. 가락문학회, 시와시학회, 함안문인회, 한국시인협회 회원. 현재 아노텐금산(주) 대표. 단국대 상경대학 겸임교수(경영학박사).

봄의 혀 | 김덕남

입술을 살짝 열고
쏙 내미는 새순 보게

겨우내 굳은살의
가려움 참지 못해

조금씩
세상을 맛본다
달고 쓰고 아리는

■ 김덕남 _ 2011년 국제신문 신춘문예 등단. 시집으로 〈젖꽃판〉이 있음.

궁핍 −말문 | 김선아

　을왕리 해변 불타는 조개구이집. 불꽃 넘실거리는 불판 위에 침묵 한 바가지 쏟아 부었다. 그 침묵은 금방 터지고야 말 것 같은 내상, 푹 익은 비명을 숨기기에 나긋하고 촉촉한 입술을 가졌으나, 누군가에게는 끓는 물에 제 혀를 녹여낼지언정 절대 발설하고 싶지 않은 서러운 비경이 있는 법. 그렇지. 핏물이 배어나온 이후 한참을 더 불 지펴도 새파랗게 혀 하나 상하지 않는 묵묵부답의 경지가 있는 법이지. 그 사달의 전말 같은 붉은 마음을 해감하려다, 멀리서 휘청하는 밀물에 또 한 번 물렁입천장이 들뜰 것이다. 침묵은 조개의 관자처럼 잘 영근 말문. 해풍이 태연자약해질 때를 기다려 파도소리처럼 혀뿌리를 식힐 것이다,

　불판이 식어진 후에야 비로소 별빛이 말문을 쏟아내었다. 잔이 비어 가고 있었다.

■ **김선아** _ 2011년 《문학청춘》 등단.

하루살이의 칼 | 김인숙

요염한 색으로 내미는 손안에
가시를 감추고도 뻔뻔한 저 장미

생각의 칼을 도마에 올리고
요리사로 변신한
여우의 아첨

혀를 굴려 죽인 사내는
그 여자에게 평생을 매달리겠다고
달콤한 칼날을 세우지만

속고
속
이
고
속는
입안의 칼날을 발견 못한 하루살이

■ **김인숙** _ 2011년 《월간문학》 등단. 충주문인협회, 충주 뉘들문학회 회원

식욕의 자세 | 김춘리

남자가 주전자를 기울이고 있다
자세를 꿈꾸며
누가 벽에 주전자를 매달아 놓을 생각을 했을까

저것은 식욕의 자세
미각을 결정하는 것은 곡선이어서
주전자 속으로 들어가는 모든 것이 부드러움으로 진화하는 중이다
모서리는 주전자가 숨긴 표정

찌그러진 벽을 뚫고 단단한 식욕이 매달려 있다
그것은 로뎅의 팔뚝이거나
거절할 수 없는 포식을 고민하는

형식,

삶이 저 찌그러진 자세로부터 나온 것이라면
모서리는 살이 찌도록 하자
물주는 것을 잊어버리도록 하자
혀를 그리워하는 손이 냉장고에서 꽃을 꺼낸다

여러 겹의 감정을
팔에는 지나간 탐욕들이 새겨져 있고

주전자를 한 쪽으로 기울이는 사이
남자가 팔뚝을 내려놓는다

■ **김춘리** _ 2011년 국제신문 신춘문예 등단. 시집으로 〈바람의 겹에 본적을 둔다〉가 있음.

나는 초콜릿 복근을 좋아한다 ㅣ변희수

혓바닥에 얹힌 쓴맛과 단맛이
같은 맛이라는 걸 안다면
이미 달콤쌉쌀한 인생 한 조각
살살 녹여 먹어봤다는 말
끈적하게 감기는 단맛이 쓴맛의 징후라든가
쓴맛에 홀로 누워 와신상담하듯 단맛을 기다려봤다면
그건 이미 인생의 복근이
조금씩 잡혀가고 있다는 말이 되는 거다
쓴맛과 단맛이 수축과 이완을
되풀이 하는 근육 같은 거라면
당장, 근육질의 당신을 사랑하고 싶다
당신의 복근에 혀를 대보고 싶다
- 오, 수천가닥의 근섬유 질이
아름답게 움직이는 황홀경이라니!
이것은, 근육질의 질감을 선호하는 나의 섹슈얼리티
혹은 단맛과 쓴맛이 교차되는 지점에서만
느낄 수 있는 오르가슴
당신을, 맛 볼 수 있는 유일한 나의 기호 식품이 될 것이다
그러나 단맛과 쓴맛은 원래 울퉁불퉁한 것
한 쪽을 누르면 한 쪽이
과장된 몸짓으로 부풀어 오르기도 하는 것
당도에 민감한 우리들의 미뢰와 미래 사이
군침을 흘릴 때마다 물렁한 시간의 군살을
태우고 있는 당신의 복근
왕王자가 선명하게 찍혀있다

■ **변희수** _ 2011년 영남일보 신춘문예 등단. 천강문학상 대상 수상

농담 ㅣ 정치산

끈적끈적한 타르,
축축하고 비릿한 혀가 날름거린다
시팔을 질경질경 씹는다
온몸을 훑고 가는 눅눅한 딱지들,
진득한 입김에 화들짝 솜털들이 곤추선다
흘깃거리던 바람도 혀를 날름거린다
나뭇잎들이 파문을 일으키며 바람의 혀를 할퀸다
빙글빙글 흔들리다가 잠잠히 가라앉으며 침묵,
금세 제자리를 찾는 풍경들
바다는 서늘한 눈빛으로 하늘의 혀를 할퀴려고
살그머니 손톱을 세우고 있다

■ **정치산** _ 2011년 《리토피아》 등단. 시집으로 《바람난 치악산》이 있음.

명중 | 조한일

땅 위에 내리꽂힌 내뱉어진 그 독화살

혀끝에 맴돌다가 휘리릭 사라졌어도

기어이 비바람 삼켜
억센 풀로 자랐지

그렇게 뿜어진 말 해독제도 없다던데

입 다물고 귀 막아도 자꾸만 옮아가던

과녁을 빗겨갔어도
가슴팍에
박힌
말

■ **조한일** _ 2011년 《시조시학》 등단. 제주시조시인협회, 한국시조시인협회 회원.

노이즈noise | 김인숙

그가 되돌아 왔다
달아오른 입술에서 떨어지는 과즙의 단맛
분열되는 말
싱싱한 변명들이 휘파람을 분다
기생寄生하는 잡음
리듬을 태우는 가랑잎처럼
말은 계속 나를 뒤틀고 부순다
회로를 벗어난 노이즈noise
비틀거리는 주파수를 지나가는 중이다

방언이라 불러줄까?
어느 부족의 아이들이 뛰어노는 소리
은사시나무가 흔들리는 강기슭
깨진 유리파편을 밟고 지나가는
햇살의 찡그림이라 불러줄까

말들은 한 잠씩 자고
천천히 자라며
비틀거리고 기어오른다
한순간의 떨림에도 깨어지고 만다

아무도 그를 기다린 적 없지만
귓속을 간질이는 말투로
심장을 밟고 가는 두근거림으로
분열을 거듭하는 혀, 되돌아온다

■ **김인숙** _ 2012년 《현대시학》 신인작품상 수상으로 등단

가장행렬 | 문명숙

부드러움을 가장한 혀들이
관계 속으로 얽혀 들어가면서
주인을 잃고
허공 속에 투명한 막을 만든다

건조한 눈동자는 각자의 테두리 안에
또 다른 옷을 입히고
뒤집어진 버선코 위에서 줄을 타는 곡예사들
비틀린 막 위에
드러난 내장은 하얬던 속살들을 태운다

차라리 무서운 칼이었으면,

백태가 낀 정情만
색색의 태양광을 마음에 꽂아 놓고
낮 보다 훤할 밤 기다릴 때
돌림병으로 틈을 비집고 들어오는 입김이
먼저 이지러진 달로 떠 있다

아픔을 받아먹은 하얀 막은
길고 긴 염증을 막아 낼 수 있을까
기어이
입을 닫아버린다

■ **문명숙** _ 2012년 《문학세계》 등단. 2011년 《문학저널》 수필 등단. 2012년 경북문화체험 전국
수필대전 금상 등 수상.

입술이 다르다 | 이여원

함께 침 묻으면 애인이다.

아랫입술을 깨물 때마다 윗입술을 회피하는 이것은 갈림길이다.

몰래 흘렸던 말들의 부스러기가 혀끝에 쌓여 숟가락마다 다른
맛이 난다고 입맛이 다르다고 보글보글 냄비 뚜껑을 연다.

울지 마라 울지 마라 측은한 위로다.

입술은 포옹
입술은 우리다.

입술은 꽃잎, 깊은 혀는 차라리 해탈이다.
싱거운 분홍이고 소금이다. 타다만 일기장 모서리다.
발화점 없는 장작이며 미끄럼틀이다.

내가 내 입술을 핥으면
내가 알고 있는 맛이 아니다

입술은 내장과 맞주름이다. 언뜻 내보이는 속내다.

■ **이여원** _ 2012년 매일신문 신춘문예 등단.

혀를 달고 다니는 | 정선희

봄밤은 혀,
밀대 끝에 혀를 달고 다니는 바람
꽃이 피는 것도
봄날에 무너지는 것도 혀 때문,
살살 미끄러지듯 들어오는데 무슨 수로 막겠니?
부드럽고 축축한 것은 전부 혀,
손에도 혀가 있고
눈동자에도 혀가 있고
달달한 것에도 혀가 있어
시폰케이크나 마카롱을 먹을 때 혀가 녹는 느낌,
내 안에 혀가 있다는 걸
처음 알게 되는 것도 봄밤,
봄밤이 위험한 건 허공을 쓸고 다니는 혀 때문,
봄밤에는 혀를 입천장에 딱 붙이고 다니는 게 좋아
밖으로 달아나려는 혀를 입속에 가두는 게 좋아
혀로 쳐들어올 때 나는 속수무책,
부드럽고 축축한 혀가 고개를 돌려도 쓰윽,
옷깃을 여며도 스르륵,
얼굴을
목덜미를
어루만지는데
무슨 수로 버티겠니?

■ **정선희** _ 2012년 《문학과의식》 등단. 2013년 강원일보 신춘문예 당선

겁 없는 혀들 | 진순희

포털사이트에 떠다니는 말들
혀가 길어지고 싶어요 방법이 없을까요
오로치마루*처럼 혀를 길게
쭉쭉 많이 나오게 할 수는 없는지요

대답이 제멋대로다
혀를 쭉 내미는 걸 맨날 하시면
조금씩 늘어날 거예요

또 다른 답변이 걸작이다
혀를 책상에 올려놓고
연필로 꾹꾹 눌러주세요
단 부작용은 책임 못 집니다

압권의 답변
여러 말 필요 없이 간단합니다
아예 목을 매십시오
오로치마루보다 더 길게
영원히 혀를 쭉 빼물 수 있습니다

철없는 혀들이 함부로 말을 나불거린다

* 오로치마루 : 뱀을 소환할 수 있는 닌자로 만화 〈나루토〉의 대표적인 악당 캐릭터 중 한 명.

■ **진순희** _ 2012년 《미네르바》 등단. 현재 진순희국어논술학원 운영.

고고성呱呱聲을 듣고 ㅣ허 석

시집간 딸이 딸을 낳더니
탄생 순간을 멀리 사진으로 전송해왔다
양배추 속처럼 주름진 눈덩이와 콧등은 뒤로 젖히고
우주라도 빨아들일 듯 앙 벌린 입속에는
태어난 첫울음에 농현 줄처럼 떨고 있는 혀가 있었다
참새 헛바닥인지, 봄날 나뭇가지 새순 같은
그 혀에는 아무리 봐도 독이 없다
옹알대는 혼잣말이 기억 니은 낱말이 되고
기호 같은 손짓 발짓이 느낌표도 감탄사도 되어
그 언어들이 손녀를 키울 것이다
세상은 궁금하고 물음과 주장이 많은 곳
말하기보다 듣기를 좋아하고
자기 몸을 때려 아름다운 소리를 내는 풍금처럼
제 안의 술렁임과 파랑을 풀어낸 고요한 음성
도랑물 흐르듯 기도하는 소리 같았으면 좋겠다
가장 강하면서도 가장 여린
천년만년 녹슬지 않는 붉은 살덩이!
혀는 세상을 들고나는 내 몸의 창문이다
말갛게 닦은 창으로 내비치는 투명한 언어로
누군가가 따뜻해지는 혀가 되었으면…
고고성을 듣는 이 순간, 아침은 맑고 푸르다

■ 허 석 _ 2012년 《문학세계》 등단. 농촌문학상 수상.

혀에 바퀴를 달고 | 김송포

지역구 의원 출판기념 모금함에 봉투를 넣는다
혀에 깃발 꽂고 달리는
나라의 희망은 배지를 향한 금빛소금인가
안개 빗질하여 가지런히 모은 손의 합장인가
누가 우리에게 입을 나눠 가지라했는가
누가 우리에게 귀를 나눠 가지라했는가
봉투를 뜯는 혀는 호흡을 멈추지 않는다
혀가 내뿜는 연기는
이파리에 물을 주자 거침없이 피어오른다
태풍에 굴러가는 깡통처럼
광야를 향해 퍼지고
할아버지와 아주머니 눈썹 위로 휘날린다
구역 주민회관에 나부끼는 연설이
혀와 혀 사이로 넘어간다
연기를 타고 이어진 고함이
창문을 넘어 유창하게 거품을 낸다
혀에 바퀴를 달고
혀에 깃발을 꽂고
소금밭을 밀듯이 쓸고 또 쓸어 표를 다진다

■ **김송포** _ 2013년 《시문학》으로 등단. 시집으로 《집게》가 있음.

혀에게 | 김임순

우리 혀 삼가도록 보살피사 기도한다
치아기둥 둘러싸고 두터운 입술은
행여나 내뱉는 말씨 들녘의 꽃 물들일까

저 꽃들 떨기마다 줄줄이 문을 연다
침묵이 전하는 말 훤히 읽는 꽃의 과업
지는 꽃 눈물의 곡조 말없어야 듣는다

가끔은 사랑의 말 어린 가슴 다독이고
절망을 딛고서는 위로의 말 단비처럼
꽃잎 혀 부드러운 울림 강물되어 흐르게

■ 김임순 _ 2013년 《부산시조》 신인상과 《시와소금》 연암청장관문학상 당선으로 등단.
시조집으로 〈경전에 이르는 길〉이 있음. 한국시조시인협회 회원

혀의 행방 | 심강우

　고장 난 선풍기 앞에서 당신의 음성을 생각해요. 스위치가 달린 고온
다습한 시간. 목덜미가 뜨거워지고 혀가 덜컥거리던 그런 사랑이었죠.
설정된 바람 앞에서 나는 잘 혼합된 아이스크림처럼 부드럽게 녹았어요.
미움은 정제된 코코아처럼 흩뿌려 놓았어요, 혀의 감각이 속아 넘어가도록.
아시겠어요? 바람 너머 시침 떼고 있는 벽을 보는 거예요. 벽을 타고 전봇대
와 땅속을, 때로는 강을 건너고 산을 넘겠죠. 에너지가 처음 생성된 곳을
생각하는 거예요. 이를테면 거대한 수력발전소 같은. 당신의 댐에서 자가
발전 되던 그 뜨거운 눈빛과 음성의 향방이 늘 궁금했어요.

　선풍기의 날개가 멈추는 순간 이별의 순간을 생각했어요. 누군가의 혀에서
바람이 일어나고 그 바람에 들까불리던 시간들을 말이죠. 그래요, 막무가내의
바람 따위엔 쓸려가지 않을 거라고 믿었어요. 그건 나의 바람이 아니었어요.
이까짓 임의의 바람에도 흔들리는 내가 바람을 심하게 탄다고 탓할지
모르겠어요. 어때요 뭐, 처음부터 바람이 아닌 게 있었나요. 서로를 쏘아대던
바람, 달아오르던 몸통을 생각해 봐요. 어쩌죠, 바람 앞에서 우쭐거리던
종잇장 같은 순간들이 여태도 그리워요. 일상의 콘센트에 휘어진 시간을 꽂고
바람을 일으킬 거예요. 후덥지근한 바람이 나올지도 모르죠. 처음의 느낌과는
다른 바람, 발가락으로 스위치를 누르는 것처럼 무심히 작동되는 추억이
될지도 몰라요. 바람 저 너머 바람을 일으키는 존재는 눈에 보이지 않아요.
일단 이단 삼단으로 가속해 봐도 마찬가지예요. 당신에게서 불어오던 바람이
뜨거운 혀를 감추고 있듯, 그 혀가 머릿속에서 스위치가 되듯. 조정하지도
못할 바람으로 내 마음을 마구 헝클던 당신, 그때의 바람이 그리워요.
아랑곳없이 달뜬 마음을 불어넣던 당신의 혀가 생각나요. 혀에 미끄러져요.

■ **심강우** _ 2013년 수주문학상으로 등단. 2014 《월간문학》 신인작품상 시 당선

혀끝으로 꽃잎을 굴리는 | 양영숙

그는 꽃에서 맛을 음미하는 듯
끙끙거린다 주름진 꽃병 속을 들여다본다
꽃의 촉수들이 분주히 움직인다

불빛의 반대방향에서 그림자를 찢고
맨드라미꽃으로 피어나는 적의
어제의 말을 꺾어 오늘의 혀를 달래보아도
우물거리는 식탁
향기는 혀로 옮겨가지 않는다

꽃과 혀를 기웃거리며
그는 느리게 식사를 한다
허기의 그늘이 사라질 때까지
꽃잎을 우적거린다
유리잔은 소문들로 혀를 감추고
꽃병 안은 악취가 이빨을 세운다

꽃의 악몽에서 빠져나오기 위해
그는 혀끝으로 꽃잎을 굴린다
헛바닥이 꽃병 속에서 빠져나오는
저녁이다

■ **양영숙** _ 2013년 《시와소금》 상반기 신인상으로 등단.

작설 雀舌 | 우정연

우주의 품안에 제 몸이 있어
어린 돌 틈에 고인 한 방울 물로 흘러
피가 되고
돌담을 덥히는 햇살의 온기,
고향집 툇마루 닮은 아늑함이
바람을 타고 온 공양 같은 힘으로
살을 찌우지

이슬과 바람과 햇살로 빚어낸
곧은 땅의 숨결
곰삭은 가마솥의 소스라치는 부대낌으로
오글오글 제 몸을 구겨도
풀 먹인 모시 저고리 같은 아스라한 향으로
생을 마감하는 어진자의 표상

여린 잎으로 ※오온을 품고 있는
저 혀의 힘
사람의 혀로 살아가는 일이
저물녘, 검은등뻐꾸기 울음소리 같은
적막함이라면 차라리
참새의 혀로 살아가고 싶은 때 있지

* 오온 : 인간을 구성하는 다섯 가지 물질. 색 수 상 행 식.

■ **우정연** _ 2013년 《불교문예》 등단.

뜨거운 화법 | 이향숙

파르르 입술이 열리자
짧은 혀를 내둘러 심장에 비수를 내리 꽂는다

순간으로 타올라 한 줌 재마저 남기지 않는 당신
뒤끝이 없어 좋다고 한다

나는 온전히 앞에서 다쳤다고 말하지 않는다
다만 붉은 무릎만 조용히 저녁 강에 가 닿는다

■ **이향숙** _ 2013년 《시와소금》 상반기 신인상 등단

혀 | 이현

잊혀 진 혀가 있다
빨간 젤리 같은,

엄마께 받아쓰기 백 점 못 받았다고
혼이 나서
풀 죽은
초등 일 학년

눈물 글썽이며
마당 한 켠의 파란 지붕
개집 앞에 앉으면

쪼르르 달려 나오던
따뜻하고 부드러운 혀

눈빛 빤짝이며
내 입술을,
코를 핥아대던 고 작은 혀

■ 이 현 _ 본명 이승현. 2013년 《시와소금》 등단. 현대불교문인협회 대구지부 편집위원.

목덜미를 핥다 | 정와연

살덩이 하나가 쥐락펴락하는 현란한 관계들,
혀에 착착 감기는 말에도 가시가 있고
빳빳하게 내뱉는 말투에는 비바람이 뭉쳐있다

입을 다물면
살덩이 하나가 폭발의 지경에 이른다
으르렁거리는 이빨 뒤에 숨어있는 혀의 필체는 속필이다
혀끝하나로 세상을 휘젓기도 하지만
잠재우는 것도 부드러운 혀다

저의 상처를 맛보는 개의 혀는 쓰라린 맛에 영중한다
땀방울이 떨어지는 혀끝의 서늘함으로
털 속의 온도를 조절하는 개
온갖 맛을 세척해 목구멍으로 넘기는 식사
풍속 같은 저의 털을
정성스럽게 핥고 있는 혀의 너머에는
쓰린 것들로 배가 부르다

나간 말들이 상처로 되돌아오는 저녁
언젠가 데인 손을 핥았던 나의 혀는
다 식어있다

이렇게 부드러운 맛이 있을까
말의 목덜미를 핥아주는 혀가 있다

■ **정와연** _ 2013년 부산일보, 영남일보 신춘문예 시 당선으로 등단.

농밀 | 정지우鄭誌友

침을 뱉을 때 피가 섞여 나왔지요. 빨간 목덜미였어요. 잇몸은 이빨의 혈관, 침을 흘리는 당신과 나는 같은 타액의 입속으로 먹거나 먹히고 싶은 얇은 혀를 가져서 심장은 두근거리지요. 입속이라는 야생은 몸을 바꾸고 싶은 난생(一生). 몸이라는 긴 숨을 나누며 서로를 채우려 해요. 채워도, 둘이서 핥고 있는 하나의 입속은 비어있지요. 먹어도, 허전한 입술은 당신의 고독한 생활과 같아요. 은밀한 동굴의 은어는 혀에서 혀로 전이 되지요. 지그시 눈을 감은 키스의 맛처럼 말이지요. 당신의 숨 한 조각을 최후인 듯 삼키면 숨이 멎지요. 입속을 파먹는 사랑을 주고받는 관계는 먹이사슬이지요. 혀에 걸린 본능에 통째로 먹히듯이

■ **정지우** _ 2013년 문화일보 신춘문예 등단. 현재 논술 언어력 지도교사.

개 혀? | 조양상

용설란龍舌蘭의 가시는
가슴으로부터 뻗는다

생각의 가시가
머리카락으로 자라서
이발소보다 미장원이 더 많은데
평생 꿈틀거린 심장의 고동소리
복음, 덕담으로 가누지 못해
허연 백태 끼고 혓바늘이 돋는다

산해진미 먹고도
얼마나 짖어댔던지,
고향 친구들 나를 보면
"개 혀?"
단맛 삼키고 쓴맛 뱉어 낸 나는,
부끄러워 오히려 부드러운 말로
"그려, 혀!"
고백할 수밖에 없었다

가시에 찔리며 번지는
선인장仙人掌 꽃은
세상 사람들 입술마다 핀다

■ **조양상** _ 2013년 《시와소금》으로 작품 활동 시작. 시집으로 〈연꽃에게〉가 있음. 수필집 〈보람찬 옥포만〉 외 17권. 현재 《시와소금》 운영위원

모란의 혀 | 강금희

모란이 혀를 길게 빼고 헉헉거린다.

엎드려 발바닥 핥다가 껌뻑껌뻑 졸다가 쇠창살 속 개들은 이곳이 모란
그늘이라는 것을 알까. 두 개의 지명指名이 강아지와 다 큰 개를 오갈 때
마다 모란은 어디서 또 모른 척 지고 있을까.

손을 내밀면 손등을 핥거나 으르렁거리는 모란꽃잎들, 사후死後란 검은
비닐봉지에 담겨 가고 털도 없는 꼬리만 남는 것일까.

죽음이 기미를 쫑긋거려보다가 도로 느긋이 주저앉는 거기서 거기인 털
달린 모란에서 붉은 혀들만 축축 피어있다.

■ **강금희** _ 2014년 《미네르바》 신인상 당선으로 등단

241

혀 | 권용욱

누천년 낙동강에 붉은 혀 일렁인다
수천 년 낙동강에 붉은 혀가 일렁인다
(저것이) 말인가 어찌 아리 떼 오리 날개 소리
오리떼 날개소리 저것은 무슨 말인가
허투루 열린 귓가에 지청구 아득하다
까마득 열린 귓가에 쟁쟁한 지청구 소리

제 몸 싱거워서 바다로 나선 강물
제 몸이 싱거워서 저 바다 달리는 강물
조석으로 지나가며 그 맛을 몰랐었다
아침저녁 흘렀어도 그 맛 싱거운 줄 몰랐다
저물녘, 늘어진 혀에 목이 아픈 칠백 리
저리도 늘어진 혀에 목이 아픈 낙동강

이제 곧 동굴처럼 어둠살 게우리라
이제 곧 동굴 같은 어둠살 게우리라
속엣 말 이 밤 너머 간에 묻을 바다의 혀
너와 나를 스쳐가선 간에 붙을 물의 혀
아서라 뉘라서 그 말, 한 백 년에 다 할까
함부로 쏟아낸 말에 또 천년이 저문다

■ **권용욱** _ 2014년 《시와소금》 신인상 등단

나자스말 | 금시아

어항에 말*을 하나 심었습니다
드문드문한 말이 금세 큰 말이 됩니다
어항 속이나 물속의 물풀 끝에 붙는 말
물의 혀, 말*은 물을 투석합니다

색색의 이파리들이 모두 채근할 때 게으름은
계절의 특별한 외도입니다
소식은 멀리 돌아서라도 와야겠지요
밀려온 파도는 짧은 순간 흰 꽃을 피우고 돌아가지만
그 겹겹마다 피는 꽃의 말이 있습니다
꽃말의 순간은 긴 꼬리를 달고 있어
그 전후의 반복을 셀 수가 없습니다
흰 꽃의 달음질로 피는 초록의 물거품들

물에서는 물거품이 자랍니다
아이들이 돌아간 자리
말의 겨드랑이에서 피어난 꽃잎들 무성합니다
아이들은 초록으로 돌아갔을까요
우리의 말은 어느새 아이들의 색깔로 포말 중입니다
사람의 혀, 말들은 세상을 투석합니다

바쁘다는 건 어디서나 통하는 변명,
그렇다면 햇빛과 바람, 밤과 낮의 소식들

모두 다 채근이겠지요
채근 속에 나자스말이 무성합니다
채근하지 않는 말은 죽은 말입니다

■ **금시아** __ 2014년 《시와표현》 신인상으로 등단

엘리베이터 | 반 경

—문이 열립니다

앞서거나 혹은,
뒤에 서서
잘 꾸몄거나 혹은,
밋밋하게
누군가의 손을 잡았거나 혹은,
짐을 들었거나
이리 튀고 저리 튀며 일제히 얽혀 버린다

빨리 가는 거짓이나 천천히 오는 진실이 된다

—문이 닫힙니다

꺼졌던 배가 소리를 싸악 가두고
생각 물어뜯기를 시작한다
예수도 아닌 것이 삼일 만에 부활하지는 않겠지
아직은 아쉬운 너를 차마 놓지 못하고
열등감을 털며 빨갛게 침묵할 뿐이다

그것을 입에 물고 내가 나를 묶었다

■ **반 경** _ 본명 김경미. 2014년 《시와소금》 신인상 등단. 2012년 《월간문학》 시조 등단. 제8회
세계문학상 시조 부문 본상 외 다수 수상.

새 | 이원오

바빌론의 공중정원에는 기이한 새가 있다
이 새를 바벨탑이 내려다보고 있다
신은 인간이 오만해졌다고 생각한 순간
바벨탑을 무너뜨렸다
방언이 생겨나고 언어가 갈라져 말하기가 번잡해졌다
동방으로 옮겨간 무리들은 최초의 언어회의를 열었다
소리보다는 뜻글자로 하자
신에게 거슬리지 않도록 하자
그들은 에덴동산의 추억을 되살려 글자를 만들어 냈다
수풀 림林, 밭 전田, 서녘 서西, 신을 뜻하는 보일 시示
세상의 생명만큼이나 많은 문자가 만들어졌다
그들은 혀에 대해서 고민하기 시작했다
원죄는 혀에서 시작했으므로
토론 끝에 혀는 천개의 입을 뜻하는 설舌로 표기하기로 했다
하와를 유혹하던 뱀의 혀다
사슴을 말이라고 우기던 조고趙高의 혀다
목숨을 걸고 직언하던 성충의 혀다
새들이 퍼덕였다
그래서 아직도 혀를 '새'라고 말하는 족속이 있다
지금도 새! 하고 정겹게 부르는 민족이 있다
바빌론의 공중정원에 날아다니던 새는
우리 곁에서 늘 맴돌고 있다

■ **이원오** _ 2014년 《시와소금》 신인상 등단. 단국대학교 행정학 박사과정 재학 중

시시포스의 세 치의 혀 | 임승현

초등학생 1학년이 오이 그림 밑에
이름을 쓰라는 문제에 '5.2'라고 썼다면
그 놈 상상력이 뛰어나다, 라고 하겠지만
'전부全部'와 '정부情婦'는 총알이 될 수 있다

한 여자를 두고 사랑의 결투를 벌이는 두 남자가
결판을 낼 요량으로 술을 마시며
사랑의 도수度數를 술잔에 따라 서로 밀 당하다가
한 남자가 '그녀는 나의 정부'라고 했다면
다른 남자 놀라 다시 '정부'라고요 물으니
왜 자꾸 묻느냐고 화를 낸다면 그 말 어찌 못 믿으리

하지만, 묻는 사람이 더 취해 '전부'라고 한말을
'정부'로 잘못 듣고 오가는 술잔마다 정부 전부 정부 전부한다면
미친놈들 사랑싸움이 애매한 여자 죽일 수 있다
나중에 했다, 안했다, 그러다가 셋 다 죽을 수도 있다

세 치의 혀* 때문에, 오늘도 너와 내가 무거운 바위를 어깨에 메고
바위산을 오른다. 그 정상에 오르면 또 밑으로 굴러 내릴 바위를 메고

* 시지프스 신화에서 따온 내용을 인용함

■ 임승현 _ 2014년 《문예감성》 등단. 독도의용수비대 정신계승 백일장 운문 대상. 네이버
아름다운 우리시공모전 당선 등.

그리운 방종 | 최 희

고막에 긁히는 앓는 소리,
두터운 마스크로 꾹 막는다
편도선에 차가운 불이 났다
살점들이 녹아버릴 것만 같다
출구를 뚫지 못하는 목소리가
날마다 제멋대로 놀아나던 혓바닥에 붙어 몸부림이다

목에 매달린 밥줄이 간당거린다
어항 속 금붕어들이 뻐끔뻐끔 동정을 보낸다
오늘도 어김없이 전화벨을 울리는 고객들
안타까운 동료의 손이 대신 받아준다
메모지에 미안함을 크게 써서 건넨다

어디로 갔을까 내 목소리
앵무새처럼 거침없이 뱉어내던 소음들
그 환호, 그 웃음소리 말 아닌 악다구니들,
며칠 전 수술한 동생이 내 목소릴 기다릴 텐데
아들 녀석 학교에 학부모 상담도 하러 가야 하는데
오늘 저녁 합창단 연습은 또 어찌할꼬
다시 전화 하마, 끊었던 친구와의 수다가
가시가 되어 욱신욱신 목구멍에서 쏘아댄다

문자 메시지가 소란하다
분주한 손가락이 안쓰럽다
손짓 눈짓에 기댄 조용한 혀가
비실비실 하루를 끌고 간다

■ **최 희** _ 2014년 월간 《시와표현》 등단. 〈중앙뉴스〉 문화부장.

혀는 연장이다 | 권정희

시위는 당겨졌다, 입에서 떠나는 순간
화살은 빛의 속도로 사내의 몸을 꿰뚫었다
응혈진 피의 수액이 마른 몸을 적셨다

바스락, 사내의 몸이 갈잎처럼 누웠다
터지고 찢겨진 상처마다 피는 꽃
짜디 짠 눈물의 기둥 소금꽃이 피었다

외진 세상 폭양 아래 어리는 하얀 울분
사내는 어이없이 말무덤에 갇혔다
창살도 통로도 없는 절망 속 무형 공간

형형한 눈빛은 죄가 될 수 없었다
켜켜이 날아드는 붉은 혀의 춤사위
마침내 눈 감는 사내 혀는 날 선 연장이다

■ 권정희 _ 2015년 《시와소금》 신인상 시조 등단.

꿈의 궤도에서 | 권지영

사람의 혀가 언어를 지배한다면
내 언어는 나를 사람처럼 살게 하려고 허공에 흩날린
눈물을 모은 것인지 모른다.
당신이 더 아득해지기 전
내 기억의 상자 안에 포장 없이 넣어두려고
꿈속을 헤맨다.

활자들은 나를 가만히 두지 않는다.
입 안에서 구르는 자음들만으로 쓴 편지가
휘발되기 전 방안에 갇혀 저항 한 번 없이
내팽개쳐지는 그림자

뜨거워진 눈시울을 지닌 채
어둠속에서 하얗게 볼을 타고 내리는 손길이
나를 어루만진다.

울 수 있게 허락된 시간 안에서
나는 운다.

■ **권지영** _ 2015년 《수원문학》 신인상 등단. 수원문인협회 회원. 꿈마루도서관 강사.

바람의 혀를 파는 북극상점 | 김정미

바람의 혀를 파는 북극, 알레스카 상점이 있다

북극상점의 인기 품목은 바람의 혀다
혀 끝에 매달린 덜 여문 말의 의미들
바람은 이삭처럼 툭툭 잘라 제멋대로 입술피리를 불어댔다
누군가 재미삼아 부는 소문의 피리 소리에
바다코끼리들은 덩치 큰 상처를 거슬러 받는다
2톤의 몸으로 순례길에 든 수도자처럼
빙하의 얼음을 온몸으로 밀며
순한 말의 길을 찾아 가고 있다
거대한 침묵으로 아픈 행렬을 이끌고
말의 상처로 얼룩진 잿빛 세상을 밀며 가고 있다

늦은 밤이 돼서야 북극상점은 어둠에 잠긴다
제 말을 스스로 걸어 잠근 바다코끼리의 이빨처럼
칼날 같은 바람의 혀를 잠재울 수 있다면
순하고 순한 바다코끼리의 눈빛으로
말 많은 말의 문을 닫게 할 것이다

밤의 그늘이 둘둘 말린 자리마다
북극상점에는 따뜻한 새 말들이 환하게 걸려있다
독설 같은 말들이 빙하의 얼음처럼 녹고 있다
노을인지 핏빛인지 모를 붉은 길 하나가 천천히 삼켜지고 있다

■ **김정미** _ 2015년 《시와소금》 상반기 신인문학상 등단

조랑말 | 김은호

입속에 진실을 찾아 달려온 지 오래

높은 산은 따라오라 하고
굽은 길은 채찍을 휘두르기도 했다

소금과 설탕을 구별하지 못하는 아이처럼
브레이크 대신 가속페달을 밟아
엉뚱한 여자 입속으로 돌진한 적도 있다

소음을 오래 끌고 다니던,
종종 침묵 속에 주차해 놓기도 하는 빨간 포니 한 대

나의 조랑말은
성능과 연비를 따지는 세상 끝에서
햇빛을 핥는 바람의 길을 더듬는다

달려야 할 때와 멈춰야 할 때가 헷갈린다

운전한 지 오래된 낡은 감정이
터널 속에서 부르릉거린다

생각과 거짓말 사이에
이따금 힝힝, 괴상한 울음소리를 내는
조랑말이 매어있다

■ **김은호** _ 2015년 《시와소금》 하반기 신인문학상 등단.

혀 | 김이솝

혀를 내둘러 열심히 불행해지고 있는 사람.
말의 감정 사이 백태 낀 병자가 되어 시를 쓰는 자
다름 아닌, 나다.

세 치 혀로 나라를 유혹해온 자.
꽃을 유혹해온 자.
믿음을 유혹해온 자
사랑을 구걸해온 자, 다름 아닌 나다.

우리의 기념일엔 혀들이 넘쳐나고
혀에 정박한 새들에게 거짓말을 가르치고
거짓말에 익숙해진 여자와 거짓말을 하고 있는 자,
바로 나다.

외로워지면 입술을 잠그자.
혀를 잘라내는 어눌한 저녁 열심히 불행해져 온 것에 대하여
간신히 무언가 또 중얼거리고 있는.

■ **김이솝** _ 2015년 《시와소금》 하반기 신인상 등단. 2014년 천강문학상 수상.

휘어진 웃음 | 려 원

휘어진 것들은 칼날을 안쪽에 숨기고 있거나 혹은 칼등을 내보이고 있다.

숨은 곳으로 휘어진 사람은 구부러진 등이 된다. 꽃이 휘어지고 머리카락이 휘어진다.

휘어진 연애를 반듯하게 펴 보려고 신발을 거꾸로 신었다. 휘어진 말들이 직선으로 펴지며 달려들었다. 저주들은 쉽게 펴졌다. 속옷을 뒤집어 입고 휘어진 웃음을 앙다물었다. 실소와 입맞춤이 뱀처럼 구불거리며 일직선으로 기어갔다. 수많은 갈비뼈가 덩달아 휘어지며 양 갈래의 혓바닥을 빠져나갔다. 웃음교정을 받아보려 했지만 입 꼬리에는 맹독의 뱀이 쉭쉭거렸다.

뒤 굽이 부러졌는데도 친구는 내가 우아하게 걷는다고 한다. 한쪽으로 기울어진 습관을 나는 모른다. 어긋나있고 틀어져 있는 균형이 휘청거리면서 걷는다. 차라리 활의 안쪽으로 팽팽했으면 좋겠다.

■ 려 원 _ 2015년 《시와표현》 등단.

부엉이 부리에서 나온 쪽지 | 송과니

저 사람 이 사람 그 사람 그리고
사람의 사람
여태껏 기다려준 우주가 마지막 종 치기 전에

사랑하라. 그리고 붙어라.

붙인다. 스티커처럼 벌겋게 상기된 달.

저 휑한 자태의 침묵에 대하여 이내 궁금해
하던 전봇대가 어느
찰나 잔뜩 발기한 느낌표로 밤하늘 털어대니
아 찔린다, 혀
가진 탓 그 몸부림
달은 말 참아내기 때문에 빛이 나는 것이다.

그러다 그러다가
달은 우주가 치는 마지막 종소리 들은 것일까.

부엉, 하고 부르면 당장 무너져 날아들 기세
그 눈빛으로 달은
여태껏 참아온 고백 환하게 털어놓고 만다.

"도덕의 취미는 불륜이며, 정조는 액세서리다."

■ **송과니** _ 2015년 시집 〈도무지〉로 작품 활동. 수주문학상 대상 수상.

낙역재기중 | 이사철

오장육부가 다 들어있는 돼지국밥
오소리감투에
곰삭은 육젓을 넣어 먹었다

그러자 내 순대의 긴 통로에
돼지꼬리만한 행복이 걸렸다가
내려가는 것을
혀가 먼저 알고 웃었다

순대보다도
허기진 순대보다도
혀가
웃질이라는 것도 알게 되었다

■ **이사철** _ 2015년 《시와소금》으로 작품 활동 시작. 시집으로 《어디꽃피고새우는날만있으랴》가 있음.

혀의 계절 | 임지나

새벽에 눈이 떠졌다
관 속에서 살아나온 사람처럼,
부스스 깨어 일회용 커피를 탄다
또 하루를 자고 일어난, 입 냄새와 커피향이
입안을 감돌면서 연꽃잎 켜켜이 떨어지듯
몸의 헝클려 있던 피복을 벗겨낸다

앞 베란다의 창 사이로 선득한 초가을의 날씨가
혀를 내밀 듯 혀의 돌기로 몸을 닦으며
천천히 길게 들어온다
가을 공기의 일가친척들이 지난밤에 모여
굼실굼실 대고 있었다 헛헛한 가을의 혀이다

겨울의 혀는 얼지 않는다
짧은 혀를 내두르며 바람에 항거하고
눈 위와 눈 아래의 사물들을 보호 한다
수컷 사향소는 암컷의 혀를 차지하기 위해
시속 50킬로로 달리는 자동차 두 대가
정면충돌하는 세기로 죽음을 담보한 박치기를 한다
북극곰의 터전도 원래는 꽁꽁 언 바다였다

혀라도 따뜻할까

이 혀들의 발원지는 어디인가
봄의 궁리하는 혀부터 인가
도발하는, 유체 이탈하는,
붉고 푸르고 가렵고 밀어를 나누는 혀
아니면,
바다로 뛰어들고 장맛비에 떠내려가는,
햇빛에 작열하는 여름의 혀부터 일까

만만한 사람들에게 박혀있는 혀,
칼 같은 총 같은 후폭풍을 일으키는 혀,
하지만 마른 침을 삼키게 해주는 입의 우물이기에
…하여 미적으로 훈증된, 잘디 잔 앵초꽃만 같은,
말이란 걸 내뱉고 싶어 하는

영원한 혀의 미래여
혀의 내밀한 꿈들이여

■ **임지나** _ 2015년 〈시와소금〉 상반기 신인상 동시 등단.

혀 | 전순복

입안에 갇힌 새 한 마리
점점 퇴화 되어가고 있다

끼니 때 잠시, 덧문이 열려
바깥 공기를 쐬는 일 외에는
무기수처럼 갇혀있는 초점 잃은 눈빛의
새가 음울하게 갇혀있는 새장
오랫동안 날지 못한 날개가
물 먹은 솜처럼 무겁다

가뭄에 지친 미꾸라지가 진흙 속으로 숨어들 듯
마른 타액으로 견디는 그의
일상은 세피아 색
냉전이 빚어낸 강요된 침묵이
새의 날개를 무겁게 한 탓이다

발효된 희망을 머금은 새가
무거운 날개를 펼쳐
푸른 언어가 되지 못한 그것들이
침묵의 넝쿨에서 벗어나
비듬 같은 상처를 털고
발랄한 언어를 지저귀는 날은 언제일까

■ **전순복** _ 2015년 《시와소금》 상반기 신인상 시 등단

설전舌戰 | 정미영

전쟁처럼 살아가는 세상살이
너도 나도 세치 혀 속에
날카로운 무기하나 숨기고 있다

서로 날 세운 도끼로
가시 돋친 말 쏟아 붓다
너도 울고 나도 울다 지친 하루

입으로 내뱉는 것은
귀로 들어가 회귀回歸하기 마련인데
내가 날려 보낸 화살
부메랑되어 다시 나를 향하고

할 말 안할 말 가렸으면
사마천*도 궁형 피했을 테고
앞선 말이 뒤숭숭한 뒷말 되니
화날수록 화해의 메아리 보내야지

삭막한 사막에 지친 낙타가
메르스 마스크로 세상 입을 막는다

* 사마천 : 중국 진한시대 역사가 흉노와의 전쟁에서 패한 이릉을 변호하다 무제의 노여움을 사서
  궁형(宮形)당해 남자의 거세를 당한다. 중국 최초의 역사서 사기의 저자이다.

■ **정미영** _ 2015년 《시와소금》과 《정선시집》으로 작품 활동 시작.

더듬다 | 조선수

혀로 글씨를 쓴다,

옛날에
당신이 내리던 비방

살갗에 분홍이 번지면
호로록
낙관을 찍었지

빗장뼈에
비문투성이
문장을 남기고

오래
오래

차가워진 혀

■ **조선수** _ 2015년 《유심》 신인문학상 등단.

혀꽃부리* | 조충호

그대 가슴에 심은
내 말씨는 어떤 꽃을 피웠을까?

설렘으로 울긋불긋 물들인
매화, 벚꽃은 끝내 흩어져
갈래꽃부리 그리움이 되었고
끝내 전하지 못한 말들은
나팔꽃, 초롱꽃처럼 부풀어
통꽃부리 대롱에 매달려 바람에 울까?

한여름 뙤약볕에도
청록 꿈꾸며 기다리다
인생의 나침반 그림자가
뉘엿뉘엿 지는 만추의 깊은 밤
내 입술 포갠 들국화, 코스모스는
함부로 내뱉은 말씨 혀꽃부리다

내 넋 밭에 묻어둔
당신 말씀이 서리꽃으로 핀다

---

* 혀꽃부리 : 한 꽃에 있는 꽃잎이 서로 붙어 아래는 대롱모양이고 위는 혀 모양이다.
  설상화관舌狀花冠이라고도 부른다. 꽃의 모양에 따른 분류 중 하나.

■ **조충호** _ 2015년 〈해운대〉로 작품 활동. 시문학창작 동인. 현재, 삼풍하이테크 대표이사.

시와소금 시인선 · 038

소금시-혀

ⓒ시와소금 엮음, 2015, printed in Seoul, Korea

1판 1쇄 발행 2015년 11월 10일
지은이 시와소금 엮음
펴낸이 임세한
디자인 유재미 정지은
펴낸곳 시와소금
등록번호 제424호
등록일자 2014년 1월 28일
발행 강원 춘천시 충혼길20번길 4, 1층
편집 서울 송파구 백제고분로45길 15, 302호(홍주빌딩)
전화 (02)766-1195, 010-5211-1195
이메일 sisogum@hanmail.net

ISBN 979-11-86550-08-3 03810

값 20,000원

※ 이 책의 내용의 전부 또는 일부를 재사용하려면 반드시
저작권 자와 시와소금 양측의 동의를 받아야 합니다.
※ 지은이와의 협의로 인지는 생략하며, 잘못된 책은 교환해
드립니다.
※ 이 책의 국립중앙도서관 출판도서목록(CIP)은 서지정보
유통지원시 스템 홈페이지(http://seoji.nl.go.kr)와 국가자료
공동목록시스템 (http://www.nl.go.kr/kolisnet)에서
이용하실 수 있습니다.